白龙前传

赵晗 著

中国文史出版社
CHINA CULTURAL AND HISTORICAL PRESS

图书在版编目（CIP）数据

白龙前传 / 赵晗著. -- 北京：中国文史出版社，
2023.12

ISBN 978-7-5205-4461-0

Ⅰ.①白… Ⅱ.①赵… Ⅲ.①长篇小说—中国—当代
Ⅳ.①I247.5

中国国家版本馆CIP数据核字(2023)第219775号

责任编辑：卜伟欣

出版发行：中国文史出版社
社　　址：北京市海淀区西八里庄路69号院　　邮编：100142
电　　话：010—81136606　81136602　81136603（发行部）
传　　真：010—81136655
印　　装：廊坊市海涛印刷有限公司
经　　销：全国新华书店
开　　本：32开
印　　张：6
字　　数：98千
版　　次：2024年3月北京第1版
印　　次：2024年3月第1次印刷
定　　价：48.00元

引子

余生于丙辰之年，彼时巨星陨落，山河悲泣。余承沐巨子余荫，有惊无险，平安成年。

余此生愚钝一无所成，唯有"初心"二字铭记于心，从未更改。

余也曾不解于红尘之苦，也曾为难于奸佞欺负，终于而立之年豁然开朗。

戊子年悲喜跌宕，心有所感，尊母言谨记。

于是，余不顾才疏学浅，列大纲，联脑中情景碎片，书此故事。

本人声明：无宗教偏好。

宇宙暗沉，渊默安详，多少文明，兴衰过往。正所谓夏虫不知冬凛，今人不知古时月明。

日新月异的科技发展，拉近了人们的物理距离，却改变

不了人生的百年孤独。

　　故事不长，愿以此赠看官：良善、坚强。

人物小传：

　　神族有位双龙王公主，大号敖瑞。

　　东海公主行四，生于旖旎殿，长在燕山深渊中，类属天龙犰族，亦名朝天犰，自谦小白龙，历龙劫获天庭封号"金光仙子"，一犰战三龙时人间尊其为白龙将军。终得极乐正果：大欢喜菩萨。

　　有看官问："从未听说，果有其事？"

　　作者答曰："见仁见智，虚虚实实。"

目录

前言

话说上个华夏文明分崩离析之后，残存的天庭诸神开始重建天界秩序。

经过千年的繁衍生息，人界优秀神识广泛开悟，天界迎来了新的力量增援：姜子牙封神之后，诸天仙职几近满员。自此而后几千年，鲜有大德升入仙班。

然而人界纷争仍旧不断，每隔几十年便烽烟遍地，朝代更替，寻常百姓在乱世中一如野草般生长，人们的文化、衣着、生活方式也随着时空流转不断变化。虽此消彼长，幸神州无恙。

诸天上神再度聚首，商议如何应对三界每五千年一遇的大劫震荡。

根据以往几万年来的经验，上神们推算出，再来劫难的强度竟是终极之难，为了不使文明从此断代，三界崩塌，老

神仙们一致决定培养一道最强的力量屏障作为缓冲。

鉴于人神普遍战力不够持久，最终老神仙们锁定由龙族培育至善强神。之后他们拟定天旨，责成神龙至尊东海龙王与北境强龙广济王，一起和阴阳，育天龙。但水龙王力量再强大也无法合成天龙，上神们希望昔日天地共主出手相助。

东华帝君面沉似水，始终沉默不语。他深知小天龙需要自己的霹雳天火的灵力，才能平衡御水和御火的法力。

远古龙族都是自行修炼几万年才得天龙资质，像这样直接诞育天龙，还从未有过先例。

帝君对此也有所顾虑，不知如此做法应对天劫是否会产生后患无穷的副作用，因果后面的一连串效应，自启动之始就再难停下来。

一　广济南行　祥云异香

话说汉朝初年，天下战火将息，百姓的生活从颠沛流离中渐渐安定下来。

暮霞映照之下，中原乡村的残桓断壁中升起袅袅炊烟。

东海之滨，沿岸渔村生机盎然，万里长江入海口的码头上人声鼎沸，不论是长衣的商贾还是短衣打扮的苦力，面色中都透出久违的畅快。

飞越崇山峻岭、大河溪流，林木茂盛一路向北，亚细亚大陆东北方，那里有一万顷湖泊，水清鱼肥。大湖四周丘峦起伏松木参天，密林内鸟语婉转，野花缤纷，灌木、林间时有肥健小兽出没。

大湖名曰：松花湖。

正值春深时节，松花湖岸边野花烂漫。忽有一日，午时刚过，松花湖上空骤然乌云卷涌，倾盆大雨将湖面与天空之间连接起来，雷声轰鸣如战鼓般响彻云天。湖水中一巨大的

银白色身躯蜿蜒而出，随着水柱冲上乌云阵中，墨云滚滚裹挟着巨物，一路风雨滂沱，疾驰南下。

初夏的神州东海边，风和日丽，平缓的浪花漫铺海滩，重复着千载以来不变的节奏，湛蓝色的天空中，一大群海鸥自由翱翔，鸣叫声清脆悦耳。

晌午已过，日头西斜。东海海面忽然大放异彩，天空七彩祥云聚集，正在织网劳作的渔家少女们发现此时海风吹来的不再是苦涩的味道，而是丝丝缕缕的异香。

年老的渔民们很快便聚在一处茶棚，商讨应对之法。

一位头戴斗笠的老渔夫说："听我家老祖说，上古时候，天上也曾出现过七彩祥云，那时禹王疏通水道，一路纵洪入海。"见众人凝神倾听自己讲话，老渔夫得意忘形地摇头晃脑，拖长了语调说："在那功成之日，苍穹现祥云瑞彩，自那以后天下太平了上千年。"

白发老者与其他渔夫均若有所思地颔首道："嗯，吉兆啊吉兆！"

俄顷，一艘归航渔船靠上码头，船上跳下一彪形大汉，黝黑的面上掩不住喜色，匆匆往围坐的人群这边走来。

大汉不等行到近前就高声叫道："诸位叔公好兴致，在此闲话，今晚都请来我屋里头吃酒，不醉不归！"

"好啊！"

"好啊！"

"今儿下晚，不醉不归！"

老渔民们欣然点头捋须应声接受邀请。

茶摊主人调侃道："张家小子如此快意，想必今日收入颇丰！"

彪形大汉喝了一杯桌上的清茶，眉飞色舞地说："我打鱼至今有三十余载，从未遇见这许多大鱼竟自己跳入舱中的，少时定在船头摆设香案，拜谢龙王爷赏赐！"

茶摊主人附和："是该谢龙王爷赏赐！"

大汉言罢与众人拱手告别，招呼帮工从船上抬下鱼筐，筐中肥鱼满载。

陆续归航的大小渔船，皆满载而归，人人笑逐颜开，码头上充满欢声笑语。

傍晚时分那彪形大汉果然在船头摆设了香案，祭桌上摆满贡品，更在船头系上大红棉布花。

有邻者笑谈："张家哥哥如此铺张，这是要娶新吗？"

张家汉子站在船头回应："不是娶新，比娶新还要畅快！"

第二天沿岸渔民纷纷效仿，各自在自家船头系上红花，祈求好运。

在很短的时间内祭龙王之民愿不胫而走，后来以至于神州沿海各地方官府，纷纷在海岸沙滩上摆设香案，举行官祭东海龙王，千里东海海岸线上随处可见香雾袅袅。

二 海天共济 厉犼荣生

烟波浩渺的茫茫东海，淡蓝色天空上彩云朵朵，白鸥飞翔，成群结队的飞鱼疾速跃出海面，复游向大海深处。

在这浩瀚深蓝之下，有座晶莹剔透、富丽堂皇的水晶宫。水晶宫内外虾兵站岗、蟹将巡逻，戒备森严。水晶龙宫大殿穹顶飞檐，殿前十二根水晶廊柱晶莹剔透，殿内左侧蓝水晶案上置一巨贝，内有一颗大珍珠宝气萦绕。殿外晶石路上彩晶点缀，紫色海石花铺满水晶路两侧，龙宫四周矗立有七色珊瑚宝树，高大艳丽。水晶宫大殿正中琼台之上供奉着一柄神牌，上刻玉皇大帝玉旨，神牌四周金光环绕，莹莹烁烁内有玄机。

水晶宫正殿之后是旖旎殿，再向后则是群龙的寝宫，因其主人修为不同，有的楼宇映出白光，另外少有的几处映出金光。出外任职的龙神，其居所则皆殿门紧闭。

旖旎殿正门前，两位英姿飒爽的龙族少年手持兵器伫立把守。

从旖旎殿后绕行而来两位龙女，轻手轻脚地步上白玉阶。

黄衣龙子悄声拱手问道："见过大公主姐姐、二公主姐姐，敢问两位姐姐来此何为？"

青衣龙子轻挑浓眉，抿嘴一笑，悄声附和说："姐姐们怎么如此沉不住气，父王旨意可是功成之前不得打扰啊！"

大龙女说："诚然，我俩原本不该前来，只是这次与以往弟妹诞生不同，奉玉帝旨意诞生的这位天龙妹妹，恐怕需消耗父王甚多修为，后殿家眷甚为担心，特委我与二妹前来察看。"

二公主说："此刻十二个仙时已过，怎么殿内还是如此寂静？"

黄衣龙子微笑摇头说："稍安勿躁。"

大龙女对二公主说："父王与广济王均为上古龙神，修为最是精深，相信很快会有佳音传出，烦请二妹回去安抚各宫，愚姐且在一旁游廊守候。"

二公主拜别大龙女，率领一队水族侍女原路返回后宫。

青衣龙子压低了声音道："正神女龙王虽然为数实在不多，但分龙会上都能见到。今次来的这位广济王却是头一次见。"

黄衣龙子说："小弟听父王说过，广济王乃是上古开天辟地的时候，白山黑水间龙气聚化所成，是神州江河之主中法力最为强大精纯的女龙王。她独立统领松花江流域所有的水神，因其不参加分龙会，只去天庭述职，所以龙族中仅四海龙王见过她真容。"

旖旎殿内设有四方玉榻，东海龙王凝神打坐在南玉榻之上，北玉榻上端坐着松花江龙神广济王。殿内异香缭绕，广济王双掌掌心相对逆时针揉转，双掌间渐渐出现一个白色球状灵力团；东海龙王双掌间揉出一个深青色异彩球，同时双球飞起，于空中逆时针旋转，呈太极形状。东海龙王与广济王同时离榻站立，全神贯注运法力意欲将双球糅合为一体。

忽然，法力球在旋转中不安躁动起来。看到白球诡异变形，几欲裂开，两位龙王不由得眉头紧蹙。

一十三天*上，莲华镜前，东华帝君与其直属手下司命星君通过莲华镜认真关注龙子诞育过程，一次次的失败，让这两位上古龙神也渐渐有些焦躁。

司命星君侍立在东华帝君一旁，见此情景，向帝君一揖道："帝君，咸水龙神和淡水龙神只能诞生自由穿梭于淡水、咸水和天界的龙娃，充其量拥有掌心雷；若直接由水、火龙王相合，又和不成龙胎，真真是个死题。"

"司命星君一向谨慎，何时变得如此扰人！"东华帝君

---

* 旧版《西游记》中东华帝君的住址。

嗔怒道。

"帝君胸怀博大，行事一向雷厉风行，今次倒是让小仙甚是意外。"司命星君冒死试探着说。

"不使你意外，又是怎样？"东华帝君端起茶杯，停在唇边。

见帝君不想喝茶却又端杯，司命星君知道东华帝君的内心在做权衡，片刻后，大声禀道："千载之后，若当真天界崩塌，人间寂灭，白日鬼行，等文明再起时，又不知是几万年之后了！"

东华帝君放下茶杯，一道白光闪逝在一十三天上。

东海上空，白云之巅，东华帝君抬手在自己眉心取下一丝紫色元神弹入海底，那道紫气飞入水晶宫正殿堂上的玉旨神牌，紫气即刻被一道金光裹挟着，径直穿堂过殿，极速飞入旖旎殿。突然出现的金光惊吓到了殿前伫立等候的两位王子及一位公主。

那道金光径直融入法力球，球内一条小龙隐隐育化成形，随着法力球悠悠转动，小白龙幼嫩的身影渐渐开始变清晰：她头顶微曲金发，身披金焰白鳞，鳞片玲珑剔透，微映七彩光晕，龙颜粉嫩圆润，龙目微眸，樱唇皓齿，体长半丈，类成年田犬大小。

不多时候，包围小白龙的虚泡慢慢消散，幼龙全身浮于虚空，一双龙目透着精明，满心好奇地打量着父王母王的面

貌，之后东张西望。

广济王欣喜，伸出双手将幼龙揽入怀中，东海龙王也欲接小天龙入怀，广济王故意背转身，笑着嗔视老龙王一眼，喜不自胜地着抱着小天龙走开。

东海水晶宫钟磬齐鸣，旖旎殿中门大开，金光漫射，异香涌出。广济王微笑着怀抱幼龙走出大殿，身后东海龙王敖广面露喜色碎步跟随。

听到水晶宫前后殿钟鼓鸣响，早已在后宫等候多时的一众龙家神仙，率领鱼鳖虾蟹侍从迅速集结，按秩序列队，聚在旖旎殿前庭院中。

龙族跪拜贺喜："恭贺父王，恭贺广济王，喜诞天龙公主，东海龙族之幸，天族之幸！"

东海全体水族跪拜："敬贺天龙公主荣生！"

三　东海护送　伶仃修行

龙宫三十日，世上三十年，双龙王公主满仙月，东海龙宫隆重设宴，遍邀诸天神仙来吃仙酿，大罗神仙悉数亲往东海龙宫祝贺小天龙满月。

东海龙王与广济王头戴平天冠身着华丽至极的大礼服，神采奕奕地在水晶宫大殿之上迎宾送客。

忽听虾兵来报："启禀水君，天官到！"

两位龙王闻听相视无言，他们心知该来的这就来了，遂率领东海龙族列队出门接旨。

天官宣旨："东海龙王敖广，松花江广济王接旨：犰女荣生，赐名敖瑞，于仙月期满，送至燕山龙虎涧独自修行，凌霄严令，三界禁扰，以期修得坚毅果敢，不负诸天厚望！"

众神族叩领天旨，礼毕后，王子们迎接天官众将进入水晶宫饮宴。

广济王回头凝望盘卧于东海大公主怀中的幼犼，愁容满面。东海龙王不由得也同时望向尚在幼龙时期的女儿，表情严肃。

满仙月的小天龙身材匀称，因其尚未修习仙法，遂不会吐人言，亦不能变化成人形，但与生俱来的天龙神力，使其即便是才满月，上天下海吞云吐雾也是易如反掌。

小白龙在旖旎殿内爬上跳下，玩得不亦乐乎。只见她时而左鼻孔喷火，时而右鼻孔喷水，一个不小心从水晶书案上坠落，掉在水晶地面的瞬间，情急中把自己喷出的火焰吸回口中，呛出一股黑烟，继而被反冲力迫使倒退着一屁股坐在地上。

小白龙滑稽可爱的行为引得龙族王子、公主们围着她大笑，公主们争抢着把她揽入怀中。

东海大王子钱塘江龙王，笑盈盈地走到小白龙面前，俯身给她示范如何灵活地收放鼻孔内的瓣膜。

广济王神色凝重，匆匆走到大王子面前伸手抱过小白龙。小白龙伸出粉红色的舌头猛舔母王的脸颊，广济王抱紧敖瑞，她深知母女俩这一别，或许就是永远。

东海龙王宽慰道：“王姊且放宽心，天帝允准东海定期给瑞儿送供养，孩儿成长并非孤立无援，所遇困难，虽然你我不能亲临指导，却不误把各个时期修行的要领送至她面前。”

广济王点点头，东海二公主从她手中接过小白龙，公主们再次围上来和小妹妹亲昵。

龙族都明白，天宫玉旨令三界勿扰，送走后，即使是亲兄弟姐妹也不能与小白龙亲近。此刻，龙族兄妹们将小白龙团团围住，依依不舍之情溢于言表。

"让我再抱抱她！"

"我也要抱！"

燕北山脉绵延几百里，崇山峻岭、陡峰深渊随处可见，更有座灵雾山极具仙缘，常年云雾缭绕。

灵雾山西南方向，一群狼牙一般林立的高山之下有处深潭，有山顶小瀑注入清泉，西壁裂隙大瀑泄下余水。当地百姓因阴雨天常听到潭内传出近似于虎啸龙吟的巨大声响，故称其为龙虎涧。

龙虎涧深不可测，人迹罕至。民间传说龙虎涧底部有海眼与燕山东南方向的大海相连。

沉寂的渤海深处，四只海豚拉着龙车快速穿行，龙车后面挂着一个装载着大大小小金色箱子的小拖车。东海龙王和广济王带着两位龙子一路护送龙车。

小白龙不时从龙车车窗里露出头来，兴致勃勃地观察周围的景致：成群的水母悠闲地涌动，章鱼展开八足快速地穿行于船舶残骸之中。

　　路过沿途水族水府，便有当地龙王率领龙子龙孙拜接拜送，两位龙王匆匆一揖还礼，小白龙效仿着父母，于车上一揖之后随即挥爪告别。

　　水路四周，礁石环绕，礁石山上石花、海葵随洋流摇曳。经过一段渐行渐窄的暗黑石隧道，在一处大约半丈高的水门之外，龙车队伍停了下来。

　　广济王俯身伸出双臂，小白龙跳下龙车跳入母王怀中。

　　广济王说："龙兄，瑞儿虽生为天龙，但龙龄尚幼，不知她是否能忍耐潜修寂寞。"

　　东海龙王说："王姊且放宽心，相信孩儿不会让我们失望。"

　　广济王把敖瑞交于东海龙王怀中，嘱咐小白龙说："瑞儿在此深山独立修行，须知母王无时无刻不在挂心于你，我儿切记：上仙功成之日，母女重逢之时！"

　　小白龙在父王怀中乖巧地点点头，龙爪一揖，注目礼送母王离开。

　　北海海面之上雷声大作，暴雨倾盆，一条白色巨龙携风带雨呼啸着向东北方向越飞越远。

　　东海龙王怀抱小白龙很久不愿放下，小白龙蜷缩在他怀中，用小龙爪给父王捋胡须，玩得兴致勃勃。

　　黄衣龙子连叫了几声提醒父王，东海龙王敖广这才放小天龙下来，俯身嘱咐她道："瑞儿，龙族修行所需典籍、要领都装在宝车上。每年我儿需按约定时节，亲自来海门接收供食。前程寂寞，千万善待自己。"

小白龙站在地面，认认真真地作了个揖拜别父王。在龙族兄长们依依不舍的目光中，小白龙独自拖着小小宝车步进海门。

不多时，小白龙回头望，海门外的众多龙族身影模糊了起来，渐渐在仙障中消失。

海门外，一众龙神及虾兵蟹将都还伫立原地久未离开。东海龙王亲自施法力封锁海门，由海门外看向洞内很清晰，由洞内看外面，混沌一片。

渤海龙王匆匆赶来躬身一揖："拜见王兄！"

东海龙王一揖还礼："同殿少礼。"

渤海龙王遥望海门内一眼，转身对东海龙王说："瑞公主乃是万年来唯一的生就天龙，九级天尤为重视，明令天、地、冥三界禁扰，四公主既来我渤海之域修行，我渤海龙族定然尽心看护！"

东海龙王说："有劳贤弟。"

龙王兄弟客套一番，带兵离开。

黄衣龙子眼中噙泪伫立海门许久，看着海门内懵懵懂懂的小白龙在顽皮地翻弄宝车里的箱子。

龙虎涧的由来很是简单，就是燕山山脉中一处极深裂隙，因其暗河连接渤海咸水所以水质微咸，水深六丈，普通淡水生灵无法生存。涧口外是燕山主脉，山势陡峭人迹罕至，灵气十分充裕，确是天龙修行得天独厚的场所。

翻箱倒柜地玩了一会儿宝车，小白龙开始巡视涧底，她此时才发现龙虎涧下怪石嶙峋，这些黑色的石头角尖锐利。此处既无活物也无处落脚，小白龙鼓起腮帮吐出一道水柱，试图冲出一块平整地面，结果，泛起的泥垢把小白龙自己溅了个灰头泥脸狼狈不堪。一时气恼，小白龙两只前爪不停地挠头，继而气急败坏地对着这块涧底喷射蓝色火焰，然后咬住一块块烧化成一摊又被水冷凝的石头甩出去。折腾了好一会，龙虎涧底部被折腾得浑浊到伸手不见五指的地步，小白龙筋疲力尽，累得倒在几乎被泥点覆盖的宝车上睡着了。

孤寂无声的海门外，小天龙的两位龙族兄长看在眼里疼在心上，爱莫能助地轻轻叹气。

然而，就在两位龙子身后不远处一块大石边，一道未成人形的灰黑色妖灵也在密切注视着海门内的动静。

四 独立安然 结缘龟鲶

　　来到龙虎涧的天时第二日（人间第二年），此时小白龙身长六尺，扭动着小小的身躯，趴在地上爬行，运用仅有的稍显稚嫩的法力，口吐三昧真火，烧化碎石平整出一大块涧底地面。

　　第三日，小白龙坐在宝车上，认真查看宝车上龙宫的简易图纸，然后观察环境计划着自己的水府。因为法力尚浅，没有经验，挪动巨石的时候没能兼顾到有其他相邻的石块松动，那些石块纷纷坠落，砸在她的头上、身上，没有防备的她被砸了个眼冒金星，昏死过去。但是她没有气馁，清醒过来之后顽强地带伤工作。

　　涧壁上花开花落，人间十年后，幽暗之中的龙虎涧水府初具规模，小白龙终于建成了一座小小的龙宫。

　　一天，龙虎涧上空，由东向西方向飞来一坨黑云，黑云中隐隐有尖声细气的吵架拌嘴的声音传来，一股龙气推着黑云飞至龙虎涧上空，卸货一般抛下来一只淡水乌龟，一条肥鲶鱼。

乌龟和鲶鱼尖叫着穿过天障，先后落入涧水中，溅起小小的水花。

这年春暖花开时节，小白龙左旋划水逆时浮游上水面。微风吹拂，水边一丛黄色小野菊微微颤动，晴空中白云朵朵，石壁上核桃树已经有一臂粗细。

意外瞥见岸边浅水泥土里一只肥肥的黑色小鱼尾巴在挣扎，久居寂寞的小白龙很是感兴趣，她伸出龙爪把小黑尾巴从淤泥里拔萝卜一般拔了出来，提出水面，这才看清楚是一条肥肥的鲶鱼。

小龙爪两指一松，肥鲶鱼肚皮朝上掉在浅水中，笨笨的身躯努力挣扎了几次才翻过身来。

小白龙眉头微皱，心里嘀咕：天旨命令不许三界靠近我，此处百年未出现过生灵，怎会突然出现一条鲶鱼？于是佯装生气厉声喝问道："大胆妖孽，竟敢在龙虎涧鬼鬼祟祟！"

小肥鲶鱼惊惧得浑身战栗，蒙在原地，大嘴巴张张合合一个字也回答不出。

龙鱼对峙的时候，从右边慢吞吞游来一只淡水乌龟，面对小白龙频频抱拳作揖，看样子是为鲶鱼求情。

小白龙内心分析，这两只应是尚未修行好的水族，还不会说人语，暂且不予理睬放他们一条生路。

于是小白龙在水中翻了个身，不再搭理一鱼一龟，巡视岸边一周，看到怪石缝隙里春花盛开，鸟虫欢唱一切如常。就在她准备下潜的时候，那只鲶鱼和乌龟游到她面前作揖，两对黑亮亮的小眼睛可怜巴巴地盯着她。

小白龙会意，摇摇头说："你们不能跟我下去，下面水太深，你们会死掉的。"

鲶鱼和乌龟点点头，让路游开。

小白龙独自回到水府，盘起龙身，潜心修炼。

每年小白龙都要浮出水面吐纳，每次都有小鲶鱼、小乌龟在浅水岸边守候，偶尔几次没见到他们，小白龙竟会感到怅然若失，但是，她知道自己不能贸然帮助他们修行，天道自有定数，稍有越界，后果不可估量。

山中岁月浅，世上天日长。又一百多年后，小白龙真身长大，体长已近成年龙王的一半。又一次到上浮的时辰了，临近水面的时候她悄悄隐去身躯，慢慢靠近水面，出水时水面平静如初。

那只老乌龟如人一般盘腿坐在石头上，鲶鱼精则在浅水草窝中躁动不安地转来转去。

乌龟精蔑视地撇嘴嚷道："老薦儿，要不要给你拴上盘磨，反正闲着也是闲着！"

鲶鱼精扭着胖身子转悠得更欢了，边扭边嘟囔："你呀，

你别理我啊，烦着哪！"

乌龟精挑衅还嘴："老夫本来心情不错，这会儿让你转得心急火燎！"

鲶鱼精在乌龟精面前的水中停下来，狡黠地一笑说："老锅，掀了盖子凉快哦！"

乌龟精气急败坏，站起来伸长了脖子，挥着王八拳大叫："你敢，你敢！等会儿看瑞公主出来收拾你！"

鲶鱼精坏笑："傻锅、坏锅、笨蛋锅！瑞公主认识你吗？瑞公主和你不——熟！"

乌龟精有些泄气，重重地坐在石头上说："唉，天龙就是天龙啊，真是高冷。我们来见她已经有一百多年了，瑞公主还是不愿意接纳我们，想想就伤心。"

鲶鱼精："当初在松花湖龙宫里可没谁强迫你来，是你自告奋勇来侍奉瑞公主，如今后悔了？瑞公主至少碰过我的尾巴，要是她能对你笑笑，看这样子你还不美疯了？"

"公主！公主！公主！"乌龟精忽然在石头上大跳又大叫。

鲶鱼精嫌弃地眯起眼睛说："你这口疯锅！"

鲶鱼精身后一颗硕大的顶着金发的白色龙头浮出水面，眼神蔑视，嘴角上扬。

小白龙说："把这头疯锅炖了吧！"

鲶鱼精瞬间游转回身拼命点头："是是是！"

　　乌龟精语无伦次地说："啊！啊！啊！公主，公主，我壳硬肉少，还不够您塞牙缝的！"忽然指着鲶鱼精，"他！他肉多！"

　　小白龙假笑点头。鲶鱼精惊慌失措地说："公主，我肉松，吃了不解饱，我，我这就给您找点别的吃！"

　　小白龙故作认真地说："你瞧这龙虎涧如此幽静，还有别的什么可以吃吗？"

　　鲶鱼精吓得体若筛糠。小白龙转头偷笑道："要不，等我想好了怎么吃你再说？"

　　鲶鱼精连忙接话茬："多谢公主不杀之恩！"

　　小白龙游走半周折回来，歪了歪头，气势汹汹地问："以尔等的修为早已会说人言，为什么不早开口？"

　　乌龟精苦笑道："瑞公主，我们敬仰公主您的神威已久，只是您从来不赐予我们说话的机会。"

　　小白龙一愣，若有所思，伸出龙爪挠挠头："哦？也许吧。"

　　小白龙一番吐纳之后准备下潜，乌龟精和鲶鱼精一见她又要走，顿时垂头丧气，像两只泄了气的皮球。

　　小白龙欲走，忽然回头问："你们是淡水水族，想必是我母王派来的，留于此地这许多年，怕是已经适应龙虎涧微咸水质，为什么不跟随我回水府？"

　　乌龟精跪拜道："启禀公主殿下，我们跟随您，需要您首肯，就是说，您得赐给我们正式的身份才行。"

小白龙面露难色，说："要我分封你们吗？可我还未飞升成为正式的龙神，恐怕不行。"

鲶鱼精说："公主殿下，您只需要度给我们一丁点龙气就行，就表示认可我们是龙虎涧水府的成员了。"

小白龙："唔，这个简单。"

小白龙对着鲶鱼精和乌龟精的头部轻轻吹了口龙气，鲶鱼精和乌龟精的身材顿时大了很多，一龙一龟一鱼按顺序潜下深潭。

五　初修圆满　花朝惊梦

站在小龙宫门口，鲶鱼精和乌龟精张大嘴巴惊讶不已，小白龙的府邸只有一个大厅和一个耳间，简陋至极。

鲶鱼精扁着大嘴说："殿、殿下，您就住在这里？我是说，您头睡在厅里，尾巴住在耳房？"

乌龟精白了鲶鱼精一眼："你这蠢物，难道妄想和公主挤着睡在一处？"

鲶鱼精跳上乌龟背："盖盖，我可以委屈自己，睡在你背上。"

乌龟精把鲶鱼精从背上掀下来，挥舞着前爪对鲶鱼精抡起王八拳，却因爪子太短，一点也打不着对方。

乌龟精："本老龟可杀不可辱，我宁愿给公主垫脚，也不让你这死鱼得逞！"

小白龙实在是寂寞太久，摇晃着龙头兴致勃勃地欣赏着面前这两个精灵打架，直到看到尴尬处，不得不表明立场。

小白龙说："初来时法力单薄，没能建个大些的家，最近因居所太小，确实有些憋屈。"

乌龟精说："公主殿下不必为难，今日愚龟和老蔫暂且檐下安顿了，明天开始扩建龙宫如何？"

鲶鱼精说："虽说老龟你自诩当初建松花湖龙宫也曾出过一份力，可如今要建的是天龙的龙宫！"鲶鱼精敲着乌龟背继续调侃同伴，"样式、规格岂是你这乌龟脑袋想得出的？"

小白龙闻言摇摇头说："既在深渊下，不必太讲究。我记得宝车上有龙宫的图纸，你们可以找找看。"

乌龟精爬上宝车，鲶鱼精也跟着游上去，小白龙慢慢踱步过来。

鲶鱼精打开一个锦盒，盒子里装满了夜明珠，小白龙施法将夜明珠悬挂在头顶，中间六颗大明珠攒于中心，其余夜明珠呈辐射状分布，龙虎涧底瞬间似厅堂般明亮起来。

当仙晚，小白龙盘踞在小龙宫大厅内，两个小伙伴卧在耳房的床榻上。

次仙日，疯锅（乌龟精）和老蔫（鲶鱼精）开始忙上忙下，四处采集可以建造龙宫的水沉木和装饰的宝石、贝类材料，然后拖拽回来。

小白龙运用法力推开了小龙宫右侧一面石壁，壁后竟然显露出一个十倍于原涧底大小的空间，为了方便建筑，小白龙又施法设了结界，将龙宫区域做了避水处理。

小白龙和两个精灵十分雀跃，干劲十足。很快，一座装饰着各色晶石的三进式的龙宫初具规模。

疯锅出涧几天未归，老鼋魂不守舍，不时看向龙宫外面，正在他嘟嘟囔囔地抱怨的时候，忽见乌龟精慢悠悠地从宫门外晃回来，身后跟来一众蜗蚌精灵，乌龟精率领水族来到小白龙面前一揖到地，向她禀告有水族前来投奔，鲶鱼精开心地抱起乌龟精扔向上方。

小白龙亦很是欣喜，这些水族精灵敬献了许多人间的丝织物，她们把龙宫内外，龙榻左右装饰上了帷帐，使富丽堂皇的龙宫看起来柔美许多。

鲶鱼精带领虾兵蟹将重新装饰好了海门。今年龙族送来的供养宝车大了一倍，车上的物资更加丰富，其中特别增加的人间典籍竟能堆积成小山。

当初广济王考虑到小天龙成长过程中久不接触外界，会导致无法与其他生灵交流，特地奏请玉帝，给小天龙指派侍从与师傅。天庭允准松花湖龙宫派出永不能修成人形的淡水精灵前往龙虎涧，于是广济王一道法力送来了这一条习武的鲶鱼，一只博文的老龟。东海龙王接到天旨，给龙虎涧的供养也适当地增加了。

明亮的龙虎涧龙宫内，书案上的小白龙在夜明珠照耀下如饥似渴地阅读。

乌龟精摇头晃脑地给小白龙讲述人间书中典故，鲶鱼精泼赖，趁其不备，伸出鳍脚绊得乌龟四脚朝天，又假意搀扶，把乌龟拨弄得原地飞转，小白龙以书挡脸，忍俊不禁。

小龙宫内嬉笑打闹，欢声笑语不断，但小白龙始终恪守天规"忌触生灵"。

浩瀚夜空，月圆月缺，群山肃立，春去秋来，又一百年悠悠岁月过去，世间改朝换代，凡人服饰由长袍大袖转换成等身窄袖，绣工精致而又简洁。

龙虎涧小龙宫内按部就班秩序井然，小白龙每日打坐修习。

鲶鱼精和乌龟精虽然有龙气浸润修为升高很快，但始终不能完全变化成人形，小白龙深知水族动物修行都会有瓶颈，即使是生为天龙的她也无能为力，遂时常好言安抚这两个水族小伙伴。

小白龙修炼进阶日新月异，终于一日，于冰消雪化、山花盛开的时节得以化成人形：金钗十二岁，女孩初长成。

水晶壁镜映出敖瑞娇美的龙颜，明眸皓齿，玉面樱唇，唯有满头金发让她略感遗憾。

老鸢见机提醒道："咱家广济王是银发白龙，法相一贯是以黑发示人。"

敖瑞闻听心花怒放，将自己一头金发变化成青丝，蚌精女侍给她挽起双环髻，髻前饰上东海龙王送来的一对锦彩珍

珠珠花。敖瑞素衣立于落地岩镜前左看右看，欢喜之情溢于言表。

鲶鱼精和乌龟精在殿角阶下抱着肩膀靠在一起闲聊。

鲶鱼精说："三界内恐怕没有谁家龙女及得上咱家瑞公主美貌。"

乌龟精说："你这蠢物，见过几位龙家公主竟敢妄言，既是讨公主欢心，也要说得有理有据才让人信服。"

鲶鱼精瞪着小眼睛说："我自然有凭有据，咱家广济王就是天界公认的最美女龙王，瑞公主模样十分有八分像她，我在今年的宝车上找到了广济王的画像就是证据。"

乌龟精说："你找到广济王神像了？还敢私自藏匿不拿出来！"

鲶鱼精敲敲乌龟头说："精进学识固然重要，善于观察、敏于行事更为重要，我老人家藏至今时今日拿出来，这才叫恰到好处！"

乌龟精右手扶额头说："老天啊，这不学无术的老鱼干儿嘴里终于吐了句人话！"

蚌精侍女们将广济王的画像挂起来，敖瑞见了十分惊喜，对照着母王的衣饰，敖瑞也变化了一身云袄霓裙，明眸丽人稚气未脱，"镜中神女"确实近似"画中女神"。

敖瑞回到龙书案前说："人间二月十五，有民俗曰花朝节，彼时不论贫富，女儿家皆盛装出游，我早有心参与其中，老鸢寻画有功，特准随本公主出游！"

鲶鱼精高兴得合不拢大嘴。乌龟精却欲言又止。

敖瑞伸出手指点化了鲶鱼精，给他一身家丁装扮。鲶鱼精化人形，不能化得完全，要么人首鱼身，要么鱼头人身，显露鱼头妖气太重显然会引起人间骚乱，无奈只好将鲶鱼精变化成了五短身材的家丁模样。青衣小帽的鲶鱼精样子有些滑稽，引得水族众侍女掩面嗤笑。

主仆俩施法力瞬移出龙虎涧，行走在山间小路上。

燕山南麓，二月桃花盛开，草青天碧，山间村落炊烟袅袅，石桥下小溪清澈，成群小鱼畅游其中。

敖瑞远远瞧见人间女子穿着十分简单，忽感自己的珠花过于显眼，于是一个转身变幻成小家碧玉的装束：双环髻上饰一对铃花压颈，身系绣花袄百褶裙。又想给鲶鱼精变幻时，老鸢推脱着跑开，不多时转回来，只见他小厮一般粗布装束，看起来比敖瑞刚才给他变的那身合体了许多。

幽州小镇，集市上人来人往，做买卖吃喝声不断，敖瑞看什么都觉得新鲜，热腾腾新出锅的糕点，色彩鲜艳的布匹绸缎，女红用具、针头线脑、胭脂水粉、银钗首饰，都能吸引她的关注。敖瑞如久困出笼的小鸟般畅快。

敖瑞在一个卖戒指饰品的摊子前面看得出神，自古神明不戴戒指，正因为这样才让她更加感兴趣。摊贩小伙计拿起一个戒指递给敖瑞，敖瑞尴尬地微笑着向后撤步，摇摇头，

没伸手去接。

突然，敖瑞感觉胸闷异常，呼吸也越来越沉重了，强烈的危机感袭上心头，脊背上一阵阵紧张发凉，她猛抬头，见不远处街角一双深邃和恶毒的眼睛正直勾勾地盯着自己。敖瑞自出世从未惧怕过什么，但是这眼神竟然让她毛骨悚然，声音都变得颤抖了，慌忙回身叫上老蔫，玉臂一挥，在一缕白雾掩护下，惊慌失措地匆匆返回小龙宫。

目睹面前少女突然消失，卖戒指的小贩被吓得面如死灰，哆哆嗦嗦地抬手抹去额头上的冷汗。

小天龙此时不知道，这道黑影就是她与生俱来的天敌，世间事物相生相克，阳极必阴，阴极反阳，至善至极，至恶则随。

初到龙虎涧时，东华帝君趁小天龙熟睡，于海门外收走了这缕至恶，施法令其沉睡，才保得两百余年间小天龙顺利成长，今日因考虑敖瑞人间游玩，帝君恐其得意忘形，遂放出来以示警告。

敖瑞虽不明所以，但好在及时返回龙宫，未惹大祸。

六 严责妄心 敖铭来渊

花朝节游玩后，一日，敖瑞打坐于书案之上凝息修炼，耳筋抽动，听见有摩擦的声音断断续续传来，小天龙心中不解：小龙宫一向静谧，一点细微声音都清晰可辨，缘何会有噪声？她站起身，循声走去，就在龙宫后面不远处的石壁前，她看见疯锅和老蔫正在对话，老蔫用鳍手在石壁上磨着什么。

敖瑞不明所以，屏息凝神静听。

乌龟精低声道："你看你，笨的，用法力能磨得快一点。"

鲶鱼精说："那样多没有诚意。"

乌龟精说："别说我不给你提个醒啊，只要有一下不小心，磨坏了你的真身，所有修为尽数归零，你就是百年老死鱼一条，我和公主烤了你吃肉！"

鲶鱼精白了一眼："哼哼！吃我？老锅，你咽得下去？"

乌龟精问："你自从上次和公主从人间回来，就偷偷摸摸弄这个玩意儿，这到底是个啥？"

鲶鱼精说："公主什么时候想吃我，我都死得其所，至于这是个啥，不告诉你！"

乌龟精眯眼道："我懒得知道，你最好永远别告诉我！"

鲶鱼精说："不告诉你？哼！你这个死盖盖，我偏说！"

乌龟精嘀咕道："无鳞鱼就是傻得冒泡！"

鲶鱼精假装没听见，骄傲不已地说："上次我陪公主出游的时候，咱公主在一个卖戒指的摊位前看了好一会儿，我觉得瑞公主十分喜欢戒指。"

乌龟精说："所以，你就冒险磨戒指？傻泡儿，你该不是喜欢公主吧？你做出来的戒指，公主也不能戴啊！"

鲶鱼精难掩兴奋："我不就是嘴大点，眼睛小点，皮肤黑点，终有一天飞升了，说不定我也能鲶鱼翻身，变成一位玉树临风的公子哥儿。"

乌龟精说："得！这几百年白修了，你看你这个头，越修越大，别说咱公主将来是龙族法力最强大的朝天犼，她就算是位普通水君，天族龙族也不会把她嫁给你，脸大，不一定有面子！"

鲶鱼精转身刚要争辩，看见敖瑞走过来，吃惊之下右侧鱼鳍猛地划在石壁上："啊！"

敖瑞见状，迅速抬手，一道法力拍在鲶鱼精的鳍上，鲶鱼鳍安然无恙。

敖瑞伸手接过鲶鱼精磨的东西，那是磨成扁圆形的一块小石头，侧面是一道夹在中间的深蓝色宝石层，敖瑞用指尖喷出一缕三昧真火，将扁圆石块中间融透，这样看起来更接近凡人佩戴的指环。

敖瑞态度郑重地对鲶鱼精说："自古神明不可佩戴戒指，你的心意本公主领了，我会把它系在我龙床帷帐上，好好保管。"

鲶鱼精连连点头激动不已。

乌龟精一旁起哄："老蔫，你是嘴比脸大，还是脸比嘴大哦？"

敖瑞故意眨着眼睛对鲶鱼说："老蔫，你一会儿叫他锅，一会儿叫他盖儿的，是何道理？"

鲶鱼精会意："锅和盖都是。"说罢，用一双鱼鳍比了一个圆形。

乌龟精气得挑起长眉："你们主仆俩欺负我小老人家！"

敖瑞和鲶鱼精相视会心一笑，不理气急败坏跳脚大叫的乌龟精，一同走回龙宫。

在回宫路上，鲶鱼精一时得意忘形拉住敖瑞衣袖，敖瑞察觉了，猛回头怒目而视，鲶鱼精灰溜溜地收回手，缩着脖子紧随其后。

敖瑞回到龙书案，剑眉上挑，龙目圆睁，拍案叱责道："大胆鲶鱼精，你可知罪！"

鲶鱼精立刻扑跪在地，体若筛糠。

敖瑞震怒引得龙宫里的一众虾兵蟹将、蜗蚌侍女跪倒一片："请公主殿下暂息雷霆之怒。"

敖瑞厉声喝道："心自静，澄其心，而神自清。尔等可知多少祸端，起于一念之差，多少功德，毁于明知故犯！"

龙宫内寂静无声。

"我以天龙之气养护诸位修行，汝辈自当恪尽职守，如若再有僭越之事，休怪小白龙翻脸无情！龙虎涧全员禁食自省三日！"

水族侍从纷纷低头退出正殿，敖瑞低头看看手心里的蓝宝石指环，心情复杂地望向一旁的晶石照壁。夜明珠光辉下，照壁映出公主神情落寞娇美的容颜。随着修行的深入，敖瑞心思沉重了许多，人间典籍打开了小天龙的视野，同时，高处不胜寒的情感也时时袭上她心头。

乌龟精进殿回禀："公主殿下，今年东海送来的给养已到海门，只是押送供资的那位王子请求面见殿下，他说有玉帝旨意要传达。"

敖瑞点头应道："传令龙虎涧全体水族列队，随本公主到海门接旨！"

敖瑞率一众水族兵将来到海门，少女龙神表情庄重平静，心里不免暗自思忖：自来此两三百年，水晶宫送给养，向来只见宝车不见来者，此时来人要见我怕不是有大事发生。

一位翩翩少年立于海门之外。他银海冠束发，身着青衿素服，面容清秀，见了敖瑞躬身一揖说："东海十龙子敖铭，拜见四公主殿下。"

敖瑞俯身回揖："殿下也是我东海龙族？此来龙虎涧所为何事？"

敖铭："玉帝降旨于父王，着东海派遣一龙族子弟来龙虎涧，辅助瑞姐姐兵戎修行。"

敖瑞眉头微皱："龙族向来擅长单打独斗，再者天庭于我有特别禁令，如今此举实在让本公主费解。"

敖铭微笑道："天意不可揣测，小龙仰慕姐姐神威，特在父王面前自请来燕山协助姐姐修行，望四公主殿下允准。"

敖瑞欣然："铭殿下客气了，你我乃龙族至亲姐弟，自当相互照拂，既然是遵天旨而来，殿下请！"

敖铭说："瑞公主殿下请！"

敖瑞令蚌精侍女布置好龙宫内的龙书案，作为青龙王子的寝宫，铭王子起初表情有些嫌弃，毕竟气势磅礴的东海水晶宫并非这洞府一般的小小龙宫可比。

敖瑞何等聪慧，早瞧出端倪，说道："屈尊铭王子居于这鄙陋之地，若生退意，姐姐即刻修书一封送殿下回东海。"

敖铭尬笑说："瑞姐姐请勿多虑，小弟自请来燕山，自然是有备而来，我敖家向来无临阵退缩的道理。"

敖瑞点头："既如此，请铭王子稍事休整，明日起你我

姐弟出涧演练。"

初秋的燕山山脉，红枫黄桦，层林尽染，密林深处一群雏鸟在练习飞翔。蓝天峻岭之间，云朵密集的群山之上，龙虎涧南侧山顶，苍松掩映中有一间凉棚，水族兵将顶盔掼甲把守八方，凉棚外天地供桌之上，正中放着一个香炉。敖家姐弟每人手捧三炷香，正在向天地祝告。

敖瑞说："敖瑞奉旨燕山修行，两百余载未伤生灵，仙障之内辰始酉停，玉旨练兵各安天命！"

敖铭："东海敖铭奉旨陪练，禽兽蝼虫适时规避！"

祝罢，敖瑞紧跑几步，跃下悬崖，现出真身飞至半空，口喷五彩真气，接着一顶硕大的天障渐渐合拢，将部分燕山山峦罩于其中。只见一条白龙两条后肢直立于狼牙一般的群山里，龙爪左上右下欲推倒面前一座山峰，大地震动轰鸣，然而未及山峰倒下功成之时，一条青龙纵身迅速飞至近处，大声呼唤："瑞姐姐，收了真身吧，今日练兵时限已到。"

白龙闻言稍有迟疑，龙头一晃收了真身，恢复束发白甲战袍打扮，与敖铭一起飞回龙虎涧南侧山头，步入山头凉棚之内。

敖瑞端起玉茶盏，一饮而尽："此时天光尚早，铭弟为何阻我练习？"

敖铭说："瑞姐姐天龙气度，果然不是寻常龙族所能及，仅凭这几百年的灵力便是我等平凡水君，千年也无法修得，只是，姐姐今日演练当适可而止。"

敖瑞说："铭弟唤回我，定是愚姐纯力练习中有不妥之处，还请当面赐教。"

敖铭故作老成，说道："所谓力量修行，并非一日之功，姐姐莫要急于求成。"

敖瑞若有所思，眯起眼睛说道："听起来言之有理，此时叫停定有难言之隐，请讲当面！"

敖铭一抱拳说："姐姐虚怀若谷，做事不拘小节，只是小弟观察方才那座山一旦倒落，其近处的一条小河就会被拦腰截断，不仅下游靠此河为生的凡人没有了生计，多雨时节积水漫过淤塞，贻害将不可估量。"

敖瑞恍然大悟地说："哦，多亏贤弟提醒，愚姐险些铸成大错！"

敖铭说："担当大任者自当勇往直前，但细枝末节却是成败关键，姐姐及时止步并无过错。"

敖瑞说："看不出贤弟心境竟如此缜密，愚姐自愧弗如。"

敖铭谦虚地说："姐姐谬赞了，这句话原是父王临来时嘱咐于我的，小弟借用而已。"

敖瑞点头，凝望正南偏东大海的方向良久不语。

翌日，一条身姿矫健的金发白龙飞至燕山南部山区，推倒一座座大山，巨大的轰鸣响彻苍穹。敖家姐弟苦练直至月上当空，方才收手回宫。

七　敖氏武修　照拂生灵

人间五十年后，双龙修炼升级为对战。只见一白一青两条龙飞出龙虎涧，数度盘旋于燕山山脉上空。忽然，二龙转瞬化法身落于一山峰顶端。

敖铭说："瑞姐姐，今日因何迟迟不动手？"

敖瑞脸蛋通红，眉心微蹙说道："自出世以来我从未施法力于生灵，法力轻重也从未有过计较，铭弟又是至亲，若说无所顾虑必定是假的。"

敖铭一笑说："咱家天龙公主果然宅心仁厚，父王早就料到姐姐不忍以我练手，早在小弟来燕山之前就亲传了小弟攻防之术，只怕四姐未必伤得了小弟哦！"

敖瑞一挑眉说："小泥鳅（龙族最忌讳别人称自己是泥鳅，相当于人们口中的'傻子'，但是在亲近的亲友之间也会拿这个称谓互相调侃），你这是用激将法！"

敖铭说："世间有善恶，尘世有取舍，对恶仁慈就是对善最大的残忍，姐姐尽管放心演练就是！"

敖铭颔首，转头化成黑发青龙真身，飞上一层天。

青龙口吐连珠炮，射向敖瑞所在山头，山头林木上立刻白烟腾起。

敖瑞此刻才知，东海龙王派来的这个小兄弟给自己做陪练，定是优中选优的，遂暗暗告诫自己，要抵御将来遇到的千难万险，必须现在加倍努力修行和练习。

敖瑞真身亦飞上一层天，白龙频频口吐天雷却没能击中摇头摆尾的青龙，落在山头的天雷将这座高山几乎削去一半。

人迹罕至的山川深处，薄雾笼罩着的仙障内，不时传来龙吟虎啸般的巨响。

两位龙族姐弟劈山填湖，演练得不亦乐乎。青龙指挥水族依山势排兵布阵，白龙带女水兵前来破阵。

转眼又过百年。秋日的一天，燕山天上地下一阵阵火光此起彼伏，青、白二龙对练上下翻飞。忽然白龙心觉有异，等黄色烟雾散去，她发现偌大仙障内寂静无声，敖铭不见了踪影。

敖瑞心道不好："敖铭是隐去身形了，还是负伤掉落林中了？"

敖瑞点手拘来老鼋，吩咐他传令兵士寻找铭王子。水族精灵离水飞行不远就需要补充水分，所以水族兵将们的搜寻

速度十分缓慢。敖瑞心急如焚，现真身飞下山头。

小白龙隐身低飞于丛林上空，开天眼细细探查。找遍了十几座山头竟一无所获，敖瑞心情不由沉重起来，眉头紧蹙焦躁不安。

天色渐晚，由于仙障会妨碍倦鸟归巢，每日傍晚酉时便自动撤除，小白龙越发忧心。就在路过一条狭窄山沟时，忽见一道深蓝色暗影，伏于山沟底部，敖瑞落下云头，越飞越近，这才看清楚，确实是敖铭。

小青龙尾巴笔直，四肢僵硬，直挺挺地趴在小溪边乱石草丛之中。此刻日落西山，来不及查看青龙伤势，敖瑞挥手将青龙收于衣袖，弹法旨唤回老蔫，收兵回小龙宫。

病榻前，敖瑞用自己的灵力为敖铭探查伤势，发现他右额受创。敖瑞揉掌发力于创口，在灵力的作用下，伤口渐渐愈合，但敖铭仍双目紧闭牙关紧咬不见醒来，敖瑞不由自责不已。

乌龟精见敖瑞十分焦虑，挪到她跟前一揖道："公主莫急，铭王子曾经对老龟提起过，他日若有伤重难醒之时，打开铭王子不离身的那个宝囊即可。"

敖瑞闻言大喜，连忙亲手打开敖铭系在腰间的宝囊，从中拿出一颗鸽蛋大小的泛着五彩荧光的黑色龙珠，把龙珠在敖铭的头面部上方逆时针转了三周。

龙珠向敖铭头部发出一缕暗暗的雾气，敖瑞知道这是敖铭事先存起来的元灵。

敖铭慢启双目，嘴角微翘，憨憨地笑了。敖瑞如释重负，回以微笑。

小天龙来龙虎涧四百八十余年后。

一日时逢休整，敖铭于龙虎涧龙宫的清净亭内禅坐，忽然叹气，引得主位座上的敖瑞侧目。

敖瑞放下手中书籍问道："铭弟有何愁事？"

敖铭说："瑞姐姐请放宽心，小弟并无烦愁，只是久拘束于燕山，实在是有些乏味。"

敖瑞说："哦，这样啊，你我姐弟一同出游天界，速去速回，如何？"

敖铭面露喜色，摇头晃脑地说："小弟自当欣然同行。"

白龙、青龙跃出龙虎涧，沿渤海湾向西飞去。

龙虎涧龙宫内清净亭中，乌龟精和鲶鱼精打坐修行，一切仿佛静止了。鲶鱼精偷偷拿出一柄小铜镜孤芳自赏。乌龟精右眼睁开一条缝，说："臭美吧，咱公主出门头都没回，这会儿怕飞出百里之外了吧？从前和你出门一刻钟必回，因为时间久了，某人定成鱼干！"

鲶鱼精说："就算晒成鱼干，也是肉厚味美的极品。老盖儿你为什么不敢跟随公主出门？哈！小短腿儿知难而

退喽！”

乌龟精说：“人贵有自知之明。”

鲶鱼精道：“大言不惭，变成人先！”

乌龟精接着说：“懒得理你，咱们想变成人，下辈子吧！”

鲶鱼精忽然说：“嗯？下辈子，我要一张小嘴，我要雪白的皮肤，不要将军肚。”

乌龟精说：“下辈子，喝了那忘川水，你连自己曾经是鱼都忘了，就算阴德积满，托生成人，你找得到回来的路吗？一朝缘尽永世相隔，化成什么模样的人均无意义。”

鲶鱼精翘一下唇边的鱼须说：“精诚所至，金石为开。”

乌龟精说：“做你的春秋大梦吧，鱼的记性就算修炼五六百年也没用，今天早上你吃的啥？说出来，老夫就姑且信你。”

鲶鱼精认真回想道：“唔，让我想想，别说哈，谁都别说啊！嗯，早上吃的啥来着？”

乌龟精对一旁的贝精侍女说：“你们，都不许告诉他，什么时候他想起来，才能给他晚饭！”

鲶鱼精问：“早上到底吃什么来着？不让我吃晚饭，笨锅，你信不信我用三昧真火烧漏了你！”

乌龟精背着手越走越远，嘟囔道：“信？你先学会三昧真火再说吧，别一不留神，自绝于天下。百年老鱼干儿，现烤现卖！”

八　槐苑暂歇　误动尘缘

深蓝天空，艳阳寂照，云雾缭绕，山川浓绿。二层天上，两位英姿飒爽的龙族少年并肩畅游。

敖铭："瑞姐姐，你我不能违反禁令去人间，小弟倒知道一个去处，可以将人间风土一览无余，请随我来！"

龙家姐弟变化成真身，青白二龙极速高飞而去。

不多时，双龙面前现一处玄境，有亭台楼阁一座，建筑风格古朴雅致。楼阁匾额上书"槐苑"。楼阁前面高大的槐树下面，一男一女两位神仙在蒲团上冥坐修心。

白龙收真身以法身落地，青龙亦化成法身，一对粉雕玉砌的龙娃龙女，出现在那座楼阁前面的小路上。

两条小龙当面一揖，拜见司命星君和玉成元君。

司命星君微笑问道："两个小龙娃娃，不去练兵，今日怎会得闲来我槐苑？"

玉成元君还揖："欢迎两位少龙神，不知此来槐苑，所因何事？"

敖瑞说："两位老神仙怎知我俩练兵之事，难道曾经到访我燕山地界？"

敖铭说："姐姐，他当然知道，他这里有乾坤盘，别说你我于山间那般闹腾，就是人间每人所言所行，他也一并洞悉。瑞姐姐请随我来。"

司命星君和玉成元君相视一眼。

敖瑞抱拳说："司命星君有这等宝贝，能否让小白龙见上一见？"

司命星君皱眉道："乾坤盘当然可以看，但是，瑞公主殿下，您绝对不能碰哦。"

敖铭拉起敖瑞衣袖就走："瑞姐姐，司命星君既已答应了，小弟这就领你去看，从前和父王来见过，这里啊，我熟门熟路得很哪。"

乾坤盘丈二大小，人间百姓的言谈话语，喜怒哀乐，因果循环，生老病死，尽在其中。敖瑞看得兴致勃勃，司命星君和玉成元君看在眼里却忧心忡忡。

看完乾坤盘，敖铭全无在山间陪练时的精明模样，恢复了他古灵精怪的原貌，顽皮地偷爬上老槐树，骑在树杈上。

司命星君仰头抱拳："哎呀，小祖宗，这老树受不住殿下折腾，快请下来啊！"

敖铭一副顽劣模样，高声犟道："不下来，东海龙宫法规甚严，龙虎涧太小不得伸展，来你这里若是也爬不得树，岂不生无可恋了！"

玉成元君惊呼："司命，你快看哪！"

就在司命星君与敖铭对峙的时候，敖瑞竟也从老槐树另一侧偷偷爬上树，老槐树枝杈被两条龙压得咔咔作响。司命星君抄起压断的树枝戳敖铭屁股，敖铭故意大叫着往树梢上爬，敖瑞见此情景乐不可支，不想只顾看热闹，失手掉下树来，玉成元君慌忙伸手去接，于是两位女神仙叠在一处。

老槐树下，司命星君拿着槐树树枝追逐着敖家姐弟，两位小龙王声东击西，与司命星君嬉笑打闹成一团，玉成元君扶着腰躲在一边，面露苦笑。

槐苑中一番打闹之后，终于安静下来，仙娥送来灵茶，二仙二龙坐在老槐树下饮茶。

敖瑞起身独步槐苑的后院，无意中看见一扇小小的月亮门，门缝虚掩着，门内仙雾缭绕，敖瑞好奇地走进去。院子不大，十几个小娃娃在里面玩耍，幼儿眉目清秀或站或爬。一个小女娃紧盯着敖瑞看，敖瑞感觉她的气质似曾相识，便走近她，看到她右脚腕处系着一根红线，敖瑞伸手触碰红线，红线瞬间变成金线，女娃吓得大哭。哭声引来仙娥和玉成元君，敖瑞连忙站于旁边手足无措。

司命星君和敖铭也闻声赶来，无论司命星君如何努力施

 白龙前传

法，红线也未能复原。

瞧着司命星君和敖瑞互相怒目而视要起争端，玉成元君拉着敖瑞衣袖进入近处的良缘阁内。

玉成元君："敖瑞啊，你是绝对不可以招惹尘缘的龙神，须知任何无心小事都会引起无边因果，尤以你最甚，此生绝不能触碰其他生灵，难道你自己不清楚吗？莫怪司命星君生你的气，有些错，人不能犯，神，更不能犯！"

敖瑞忽然联想起当年鲶鱼精扭啊扭的小尾巴，和后来鲶鱼精的表现，不由得皱起眉头。

玉成元君说："三界与你皆无来往，并非我等孤立于你，刚好相反，那样做恰恰因为重视你，天族想要保护你，不染三界因果，心无挂碍，方可修行大成。"

敖瑞委屈道："天族如此重视我，可有谁问过我是否想要修行大成？"

玉成元君面露惊异道："修行之路甚为苦寂，万年来无神仙不如此。况且殿下清楚，三界中正邪两立，公主生为大善，起点极高，阻你正途的大恶如影随形，稍有不走心，大善易帜，于这天地间便是万劫！"

敖瑞泪珠在眼中转动。

玉成元君说："我深明大义的公主啊，你的委屈小仙与诸仙感同身受，可瑞公主您扪心自问：不久以后，可愿任由乾坤倒转，苍生涂炭？"

敖瑞伤感落泪，她脚下乌云集聚雷声滚滚。

司命星君和敖铭闻声进门，竟也陪着敖瑞流泪。

敖铭拉了拉姐姐衣袖说："瑞姐姐，咱们还是早点走吧，我俩图一时快意，不顾天宫禁令叨扰槐苑，若连累父王友人受罚，显得忒不仗义。"

敖瑞噙泪拱手对二仙说："小白龙多谢招待，实有叨扰，就此拜别。"

白龙青龙摇曳着飞远了，司命星君还在望其背影叮嘱："天劫已近，不可在外久留，不可靠近人间，不可靠近……"

雷声轰鸣一路跟随，敖家姐弟并未在意，也未听见司命星君的嘱咐。

两条龙飞至二层天边缘，俯视山川如纹理，河流如彩带，天际空旷深蓝幽远。二龙心照不宣，一路向南，离开东海水晶宫太久，即使生而不凡也并非毫无牵挂。

敖铭用意念问道："瑞姐姐，咱们去东海看一眼就回去吧。"

敖瑞欣然回答："好！"

不多时，东海壮阔，呈于二龙眼中，长江率百川汇聚于此，入海口仙气缭绕、气势磅礴。

九　东海雷劫　怒败天尊

东海出现在天边，望见日夜思念的那一片深蓝，龙家姐弟面露喜色，正在欣喜之际，忽然背后的天空一记重雷由白龙头上劈下，白龙机警，左闪躲过，蛾眉紧蹙回首四顾。

天上风起云涌，天雷滚滚，霹雳如雨点般降下二层天来，数不清的金盔金甲天兵天将，将两条龙团团围住。

正北方向为首的一员主将，金盔金甲面色阴沉一言不发，扬右手挥动令牌聚引天雷，劈向青白二龙。

小青龙身手灵活，一顿腾挪闪躲，欲冲出包围，却很快被天兵再次赶回了包围圈。

小白龙此刻胸中一腔烦恼，莫名被袭，哪里肯善罢甘休，龙身跃起向上疾飞，摇头摆尾冲散天兵阵营。不过敖瑞此时内心也有些发蒙，因为天书规定的是龙族修行五百年历天劫，历劫成功方可位列仙班，分得一条水域。显然自己和敖铭俩修行的时日，距离历天雷劫的日子还差很长一段时间。

青龙盘旋在白龙头部，意念传音："瑞姐姐，愚弟欲回东海求援，竟然飞不出去！"

白龙左右翻飞施法力化解天雷，一边说道："咱们还是别想躲得过去，这怕是飞升大劫，但是不知为何如此不合规矩！"

青龙意念传音说："你我尚不足五百岁，这雷劫完全不按天规来，这么多的天兵天将简直就像在捉妖！普化天尊竟然不在现场？"

白龙杏眼圆睁意念传音道："龙族历天劫，居然搞得如收服妖孽一般，这样也好，本公主也无须与他们客气了！"

白龙忽然隐身下降，待天兵天将寻找她的空当，敖瑞突现四个分身于天将身侧，冷不防四道天雷拍中金盔天将，那主位天将来不及躲避，被劈了个结实，烧得灰头土脸几乎魂飞魄散。神将急急隐身跳离阵外，飞向九重天。

失了为首的神将，一众天兵天将却出乎意料地未乱阵脚，天雷仍旧密集地落下来，但是雷电强度明显开始减弱。白龙越战越亢奋，摇头摆尾喷水吐火频频回击，不断有天兵天将被白龙龙掌祭出的掌心雷击中，从此隐却在乌云阵内，退出战场。

与此同时，在白龙不可见的九层天上，凌霄宝殿内，那群老神仙皆面色紧张，他们全神贯注地盯着太极盘，敖瑞反

击一次，太极盘黑白鱼就混乱一回。

不多时，普化天尊回转至凌霄宝殿，玉皇大帝看到普化天尊盔歪甲斜，胡子烧得只余半边的狼狈相，眉头紧锁，无语良久。

玉帝深知这近万年来天界唯一的生为天龙，敖瑞品阶高、法力强，若成长过程稍有偏差，不仅于大劫无益，还适得其反，导致三界崩塌，祸患无穷，此次突袭出其不意，确实草率了。

"嗯！"

众仙闻声连忙从太极盘周围回到自己的仙班坐定。

玉皇大帝说："朝天官，速速令北斗七星星君，点七万天兵，南天门候旨！"

太白金星招手拦下朝天官，向凌霄殿上一揖："玉帝陛下，请少安毋躁，万勿因普化天尊被天龙所伤而轻易调动天兵，天龙此举实在是事出有因。"

太上老君附和："陛下，时局还未到不可控的地步，我等莫要怀疑天龙的自制力，但陈兵南天门定会激怒于她，进而导致天下龙族寒心。"

玉皇大帝说："朝天官，即刻召瑶光星君上殿，由其携打神鞭禁锢天龙法力，将朝天犼和青龙交由尘世检验上仙资格！"

众仙跪拜玉帝，齐曰："臣等附议。"

元始天尊于凌霄殿后殿点手唤过普化天尊，后者连忙收拾衣冠来到天尊面前一揖。

元始天尊低声问："普化天尊，此次监督天龙的升仙劫，怎会身着天将打扮？莫不是因此激怒了小天龙？"

普化天尊尴尬一揖说："早知她法力强大，故而有所防备，不想弄巧成拙，惭愧啊惭愧！"

东海之滨，二层天上，酣战继续。

天兵天将被迫集体飞上更高一级云层，乌云浓重闪电密集，天雷依旧频频降下，白龙虽时有中雷却并无大碍。青龙法力远不及敖瑞，被天雷击中几次之后头脑混沌，翻滚坠下云端，白龙一见，急忙跟随青龙降下云端，白龙飞临青龙上方保护其不再被天雷伤到。

历天劫是有时效的过程，时辰一到，天兵即刻收手回天宫复命去了。须臾，白龙、青龙双双坠入东海边的浅滩之中。远处天边，雷声滚滚渐升渐远。终于，天兵天将消失在九重天上。

云白如雪，青天朗朗。

十 浅滩人劫 官民救护

海风吹拂，江海交界处芦花飘荡。

长江入海口外，海边泥滩上，头南尾北，纵卧着一条白龙和一条青龙，龙身约有五丈，腰身粗处九尺，身下仅有浅浅海水浸泡。十丈开外东海白浪拍岸，海浪无休止地淘洗着悠悠岁月。

敖瑞姐弟一同被困于浅滩，动弹不得。青龙被天雷击伤元神感觉周身无力，缓慢转头观察周围。青龙意念传音道："瑞姐姐，别管我，你快飞走吧，我落下来的时候观察了，这里附近就有凡人的渔村，若被他们伤了性命，姐姐这几百年修行的天龙岂不成了笑话？"

白龙倔强地摇头道："不，我不走，咱们姐弟俩死也死在一起，想我龙族，绝非背信弃义、贪生怕死之徒！"

当日下午，一个渔家孩童头戴斗笠，身背小鱼篓，路过此处，发现二龙真身，小渔童惊呼而走，青龙焦躁不安，因为不知被凡人发现是福是祸。白龙则提高了警惕，暗施法力，时刻准备带着受伤的青龙飞走。

不多时，小渔童带来一些渔民村妇。戴着斗笠穿着花花绿绿布裙的妇人，战战兢兢地聚拢过来，人们面色惊恐地仔细观察两条硕大的龙身，一位胆大的老渔民手中举着三炷高香，用火镰点着了，仗着胆子一步一哆嗦，走至龙头近处，老人将香插在盛满干沙粒的大碗上，把大碗向前推了推，跪在滩涂上给两条龙磕了三个头。

见他平安上香回来，远处围观的妇女孩童松了一口气，确认二龙并无伤人之意。

青龙索性收紧四肢于身下紧闭龙目，白龙则保持警惕四肢微伏，虚睁二目悄悄观察。

老渔民回到人群中，大家围拢过来商议如何救助这两条小龙，七嘴八舌地没有想到更好的办法，最终一致决定向龙身上泼水，于是一传十、十传百，男女老幼，担水桶，背水坛，素日鲜有人迹的滩涂一时间熙来攘往热闹如集市，背水的队伍一眼望不到头。每隔一段都有专人接过水桶把水泼到二龙身上，直到日落西边。

当夜，瑶光星君率天兵来到困龙海滩上空的云端，轻挥打神鞭，打神鞭上一道灵光射出，在两条龙方圆十几丈之内设置了法障，法障内青白二龙法力无法施展。

　　第二日凌晨，青龙见左右轮班守护的凡人都互相依靠着熟睡了，悄悄扭了扭龙身，舒展了一下四肢。白龙瞥见青龙活动筋骨，自己也动了起来，四肢撑起龙身，龙头左顾右盼，好似在寻找什么。

　　青龙说："瑞姐姐，可还无恙，小弟觉得轻快许多，咱俩趁天将明飞走吧？"

　　白龙有些为难："日落后就想叫着贤弟一同飞走，只是不知为何，我真身并未受损，且法力也没减少许多，此刻却不能腾云驾雾。"

　　青龙大失所望，沮丧道："原指望姐姐带小弟飞走，怎的你也挪动不了？"

　　白龙憨笑，打趣道："挪动，不成问题，可是你说姐堂堂大威天龙，四肢着地爬着逃之夭夭，是不是很滑稽？"

　　青龙说："嗯哼，何止滑稽，简直就是丢份儿啊！这儿是东海的门户，丢人也不能丢在这里啊！"

　　白龙唯恐惊动凡人，低下头小心翼翼地用左鼻孔喷火，右鼻孔喷水，一切正常。

　　青龙默念："心若冰清，天塌不惊。万变犹定，神怡气静。"

　　白龙说："你这两句《清心诀》背得很是应景，此刻不妨以不变应万变，看这三界究竟能奈我何。"

　　青龙说："据这半日凡人的反应，此地民风甚为淳朴。"

　　白龙说："目前来看确实如此，但古书上说人心最难测，

不到难满之时，你我仍需仔细防范。"

二龙仍旧安静伏在原地，滩涂上卧出一道深沟，龙身半数浸在水中。

又过一日，晨露刚消，有地方官员带兵来到坠龙现场，官员指挥官兵和渔民一同在两条龙上方支起凉棚，担水、浇水的队伍的秩序井然、有增无减、浩浩荡荡。

天近午时，海滩附近竟然有许多小吃摊贩聚集了来，小馄饨、素面、炊饼，甚至孩童玩具、女红服饰，一应挂在长竹竿上售卖。

如此热热闹闹了一整天，直到日落西山，在官员的指挥下，士兵在两条龙的左右架起两排火盆，守夜的凡人也都换成了身穿铠甲的士兵，尽管双脚泡在滩涂的浅水坑里，负责警戒的士兵们依然身姿笔挺，精神抖擞。

白龙和青龙虽然仍觉紧张，却始终没轻举妄动，屏息凝神卧在原处。

朗晴的夜空里，星河闪烁。二层天上，瑶光星君和闻讯而来的东海龙王伫立于翻滚的云层中，神情肃穆地注视这一方动静。

东海龙王当胸一揖："有劳瑶光星君，来东海协助我这两个孩儿历上仙劫，不知星君来时可曾见过普化天尊？"

瑶光星君还礼道："瑶光虽未亲自见到普化天尊，但据天将内禀，天尊需要调息滋养一些时日，想来无妨。两位殿下深明大义，确有洪福。看此情景这次渡劫也将顺利完成。"

东海龙王说："敖瑞一向恭顺，初次历劫，情形与天规中龙族升上仙的程序不同，这应该是她反击天兵的缘由，至于普化天尊被袭，在老龙看来实在是误会了，来日定携孩儿当面与普化天尊道歉。"

瑶光星君点头说："本君方才接到玉帝发来的第二道旨意，天龙若平安度过这第二次大劫，便将打神鞭赐予她，御封仙号'金光仙子'。"

东海龙王闻听，怔住良久，思绪飘远：四百年前，上神齐聚在三十三层天原始天尊的金莲池，商议如何应对千年后的三界大劫，盛衰更替是神灵也无法阻挡的大势，若在崩塌疾坠之中适时保存希望，后世再建秩序便顺畅许多。东海龙王明白这徒有其名的金光仙子封号，竟是为考验天龙再加了一重的劫数——心劫。

双龙困浅滩，第四日。

昼夜更替，天光放亮，东海如常，潮起潮落。

近午时风浪渐大，海滩上泥水更深，渔民和士兵浇水的过程更加艰难，考虑入海口泥水不够干净，人们仍旧从远处长江边背来清水，一瓢瓢清水浇在龙身，暖在龙心。东海之滨人民的淳朴善良让白龙、青龙感动得无以言表。

九天之上凌霄宝殿内，一众神仙看着乾坤盘，欣欣然微

笑捋髯。

第四日深夜，子时刚过，夜空下的东海忽然狂风大作，夜空里乌云翻腾，电闪雷鸣，瓢泼大雨洒落大地，淋得人们睁不开眼，大雨浇灭了架设的火盆，浇散了值守的官兵。浅滩上的积水迅速淹没青、白二龙真身，二龙瞬间脱困，精神抖擞地溯雨而上，冲上云端。

敖瑞和敖铭现法身于乌云之上，看见瑶光星君率领天兵、东海龙王率领东海水族在海面上空列队等候。二龙忽然发觉自己周身萦绕上仙神光。

脚下闷雷滚滚，东海巨浪拍岸。虾兵蟹将齐声拜贺："恭贺瑞公主与铭王子晋升上仙！"

敖瑞和敖铭并肩拜见东海龙王，一揖到地说："儿臣拜见父王！"

东海龙王微微点头，引见道："这位是瑶光星君。"

敖瑞、敖铭躬身一揖，齐声道："东海敖瑞、敖铭拜见瑶光星君！"

瑶光星君点头还礼，笑容可掬地说道："龙家姐弟手足情深，无愧东海荣耀！"

敖瑞和敖铭一起抱拳说："谢瑶光星君过誉。"

敖铭对东海龙王说："父王，孩儿有一事不明，天书上说这雷劫是我龙族晋升上仙必由之路，为何儿臣和瑞姐姐历劫完毕还要受困于此？"

敖瑞也眉头紧锁，问："父王，天书上说，凡间龙族生灵历劫均是由普化天尊亲自主持，为何只见雷神将士不见普化天尊，难道我姐弟历劫是由瑶光星君监督？"

瑶光星君表情有些尴尬，哭笑不得地欲言又止。

东海龙王故作心情大好，笑着说："你们历上仙劫确是普化天尊主持，不过他早些时辰回天庭交旨去了。"

敖铭面露不满，说道："人间三日，天宫不过个把时辰而已，普化天尊为何这般等不及回天庭交旨？"

敖瑞亦百思不得其解地问："天庭的神仙都是修为精深且身具大德，更何况普化天尊亦是刚正不阿的典范。监管历劫怎会不辞而别？"

东海龙王回想起普化天尊临走时的狼狈相，不由得尴尬一笑。

敖铭说："上仙劫没按规矩也就罢了，二次天劫我俩也忍了，说普化天尊身具大德，本龙不服。"

瑶光星君终于忍不住道："万年来尚未有历天劫的地仙，能如此强势反击天尊降雷的！"

敖瑞是何等聪慧，听罢恍然大悟，问道："历劫之初有位天将中途退出，可是普化天尊？"

敖铭惊讶不已，也问道："父王，天尊的法衣有甲胄样式的吗？"

东海龙王尴尬，不置可否，遂转移话题说："敖瑞我儿，日后见了普化天尊，需记得诚挚道歉。"

敖瑞心领神会躬身一揖回答："孩儿谨记父王之命！"

敖铭仍蒙在鼓里嘟囔道："岂有此理！"

敖瑞轻皱眉头，暗示其少安毋躁。

东海龙王对瑶光星君做了个"请"的手势说："瑶光星君，请随我水晶宫一叙，待我东海水族摆设香案，恭迎天旨。"

瑶光星君抱拳回礼说："恭贺东海再添喜讯，本星君就此讨龙兄一杯琼浆吃。"

敖瑞和敖铭早知历上仙劫后，应赴天宫领旨受封，但不清楚为什么父王邀请瑶光星君来东海水晶宫宣旨，此时不便多问，姐弟俩只好跟随在父王身后。

天兵天将和虾兵蟹将各自跟随主神降下云头，分开水路进入磅礴壮丽的水晶宫。

十一　天龙心劫　元灵开解

　　东海水晶宫宫门大开，虾兵蟹将带队巡逻，蚌螺侍女们捧着丰盛的馔食，来往穿梭着布置大厅。

　　东海北部方向一股法力强大的黑云迅速飞来，刚刚还是风平浪静的海面上浪涛翻滚，一条白色大龙身形矫健地由乌云里跃入东海。大白龙游至龙宫近前化真身为法身，来者正是松花江龙神广济王。

　　广济王信步走上水晶宫引桥，早有鲨将军在宫门迎候，所有见到广济王的水族皆驻足行礼。广济王拱手见过东海龙王和瑶光星君，寒暄过后，径直往水晶宫后面的旖旎殿走来。

　　有虾兵报："广济王到！"

　　敖瑞从旖旎殿玉榻上一跃而起，冲出旖旎殿大门迎接："孩儿拜见母王！"

　　广济王笑容慈爱，上下打量敖瑞，伸出双手握住女儿双

肩："瑞儿，历上仙劫顺利吧？我儿可是毫发无损？"

白龙母女紧紧拥抱，凡尘五百年悠悠岁月，魂牵梦绕却始终不能相见，虽然神明不像凡人那样孕育孩子，可毕竟也是割裂自己一部分元灵融合成的新灵体，神族母女情分其实不亚于人间亲情。

神明没有泪水，也不用过多言语，通常用心领神会传递情感。对父王母王的思念也是敖瑞熬过漫长修行寂寞的强力支撑，彼时隐忍孤独落寞，才有此时得偿所愿母女团圆。

水晶宫引桥上摆设着东海最大的祭台，东海龙族盛装列队，在职的龙王穿平天冠九旒大礼服，没有官阶的众多龙子龙女，银冠素服。龙族兄弟姐妹围绕在敖瑞、敖铭身边嘘寒问暖，笑逐颜开。

大祭坛上摆有两个水晶托架，一个托架上放置一柄玉旨神牌，另一个托架上供奉的是玉帝的打神鞭。东海龙王率领龙族行大礼参拜玉旨神牌，瑶光星君宣读神牌上的文字："天龙敖瑞，神勇果敢荣晋上仙，封号'金光仙子'，加赐打神鞭。"

玉旨宣布完毕，敖瑞站起身接旨，她身着云海大礼服，一对水晶珍珠冠，华光溢彩，英姿飒爽。打神鞭自己飞下祭坛，敖瑞神色凝重，张开双手接住，然后转身高举起打神鞭，龙族当即跪拜。

瑶光星君再宣读玉旨："东海龙子敖铭，陪练天龙，精进勇猛，深明大义，封'燕山龙虎涧水君'。"

敖铭即时换上九旒水晶平天冠，三级龙王大礼服接旨。

东海龙王龙颜大悦，设宴款待瑶光星君和众位天兵天将。旖旎殿前觥筹交错，龙宫大宴三天，水族精灵都可来龙宫贺喜，吃一杯双喜临门的琼浆玉露。

大典之后，离开之前，天龙敖瑞始终沉默未发一言。

欢愉时常恨短，寂寞时怨夜长，千里搭凉棚，没有不散的宴席，龙宫宴尽，终须一别。

东海上空，父子母女依依惜别。敖瑞祭起一道金光，背后打神鞭飞出作为前引，敖家姐弟现龙身紧随其后飞离东海，两道金光向着正北燕山方向渐行渐远。

青白二龙一路风驰电掣，沿海岸线飞回燕山山脉，刚进燕山地域，白龙忽有所思，减速收真身，落于近处的峰顶，青龙也追随白龙现法身落在那座山头上。敖瑞见面前恰是一座昔日被自己推翻了的大山，往日艰苦修行历历在目，不由得面露苦笑。她的目光扫过敖铭头上的平天冠，一丝失落竟如墨染心田，忽然记起天规"高灵勿动念"，连忙收了心思不敢神伤。

面对此山此景，敖铭也触景生情，舍命陪练的日日夜夜回放眼前，暗自感叹道，天道内，任何成就均来自勤学苦练。

敖瑞再瞥了一眼敖铭头上的平天冠说："此刻终于能领会人间典籍所说的'物是人非'的含意了。再回龙虎涧，贤弟便是小龙宫的新主人，我搬去书案，你移居正殿。"

敖铭说：“龙虎涧龙宫乃是瑞姐姐亲手创建的基业，这是不争的事实，更何况姐姐如今上仙功成身携打神鞭。一个居所而已，你我姐弟不必拘泥小节。”

敖瑞拱手道：“往日辛苦铭弟陪练，生死不惧，愚姐在此郑重道谢！”

见敖瑞躬身施礼，敖铭连忙还礼：“小弟愧不敢当！”然后他若有所思点点头转身面向北方说，“不知老锅和老蔫它们收到新令作何感想。”

敖瑞说：“它们是早年我母王派来伴我修行的江河精灵，如今由贤弟正式封与他们名号才算顺理成章。日后烦请铭龙王照拂他们。”

敖铭说：“照拂他们小弟责无旁贷，请姐姐放心。”

敖铭再揖了敖瑞，姐弟一同回宫。

二龙回到龙虎涧龙宫，敖瑞亲手将龙宫主殿上的粉色帷幕变成深蓝色，当众宣布所有水族侍从由龙虎涧龙王敖铭亲自分封。

乌龟精被封为龟丞相，鲇鱼精被封为鲇鱼大将军。

终于熬出名头的乌龟精和鲇鱼精十分雀跃。二憨虽心存疑问，却被敖瑞敷衍过去。水族智慧有限，敖瑞依旧生活在它们身边，他们并未感觉到明显异常。

晨起，敖铭踱入龙书榻请安，龙榻上却是空荡荡。铭龙王审视四周，目光落在书案上的一张纸上，敖铭赶紧走过去拿起来，见纸上仅书一个"闷"字，遂命仆从去找敖瑞，可是大家寻遍了龙宫，也没找到敖瑞身影。

敖铭看到东海珍珠水晶珠花饰置于桌案上，打神鞭依旧供在小龙宫中堂。敖铭心头猛地一紧，心想：瑞姐姐此刻心情我能理解，历双劫凶险程度都在历代武神历劫难度之上，熬到功成名就，天庭却赐姐姐文职仙号，虽加赐打神鞭，但无武职打神鞭亦无用武之地。天庭看似神恩浩荡，明明又对天龙姐姐有所忌惮，在东海时父王和广济王都绝口不提姐姐所封仙位与法力不符，临行时父王千叮咛万嘱咐，要自己寸步不离金光仙子左右。但最担心的事终于还是出现了。

敖铭端坐于龙宫大殿上宣令："龙虎涧水族听令，金光仙子出游一事，对外绝对封锁消息，内部严禁提及，自今日起本王出门去寻，龙宫日常由龟丞相主持，作息不变。"水族领命喏喏退出大殿。

敖铭飞离龙虎涧一路仔细寻找，心中暗忖：天龙出走，若未犯禁令及时返回，可谓虚惊一场，倘若迷失本心，后果无法想象，不但龙虎涧众生灵性命不保，还将牵累到整个龙族，敖铭不敢继续想下去。

敖瑞凌晨离了龙虎涧，给自己变化了凡间女孩的形象，身着白粗布衣裤，禁锢起自身法力，自觉心中无物，仅凭双腿漫无目的地向前行走。她眼前细细的山路，断断续续，脑海中尽是东海龙宫里众多头戴金银平天冠的龙王身影，他们

珠帘晃动，龙族大礼服华贵耀眼。这许多画面于敖瑞却是锥心之痛。

龙族自古出武仙，鲜有文职，而这个金光仙子仅是个称号，却连文职仙位都不及，幼时孤寂独修百年，之后近两百年艰苦练兵，功成时却想不出，如此隐忍究竟是为了什么。想到这里敖瑞感到心里一阵酸楚，苦笑出声，泪水浸透眼眶。禁锢起天龙的强大法力与骄傲后，她忽然发现三界虽大，自己凄惨到竟然无处可去。

敖瑞全凭变幻成的人身，走在山里，一路遇到很多障碍，峭壁阻拦，溪流断路。敖瑞初次感受到凡人生活在大山深处的艰难，从凌晨游走到日暮西沉，敖瑞茫然抬头，见漫天星辰闪耀于星河之中。

敖瑞行至一处半山腰的天然石洞前，轻轻用手拂去地上一块石头上的草叶树枝，双手抱膝坐了下来。山风习习，暗夜中树影晃动。

敖瑞习惯地盘膝而起欲打坐，忽然想到，这样打坐的话，自己头顶的灵光会暴露所处位置，于是伤感地叹了口气。一道火苗从她鼻孔喷出，她知道自己下意识地想燃一堆篝火，转念一想那样做也只能加速被天族找到，随即断了这个念想。小女孩蜷坐在石洞洞壁边，不知何时天光放亮，这十个时辰是她自有生以来过得最沉重与疲惫的一段时光。

"娘，这儿有个小丫头！"

"哟！这谁家孩子？怎么睡在这儿？"

敖瑞闻声抬头，面前站立一位妇人背着篓筐，在她左右手边各站一个小男孩，母子三个正好奇地看着她。大一点那男孩青巾包头十五六岁，手里拿着一把柴刀。另外那位个头不及娘亲胸高的弟弟，手里握着一根长长的木杆，正歪着头一脸稚气向自己走过来。

敖瑞感觉紧张，警觉地盯着他们的脚步，心里默念：你们别过来啊！

母子三人见女孩露出恐惧的表情，脚步停在了距敖瑞五尺之外。

妇人俯身问道："丫头，你哪个杖子（村子）的人啊？"

敖瑞被问得一时语塞，一双明眸黯淡下来。

"你这是迷路了吗？"大男孩握着手中的木杆，在地上戳了几下。

敖瑞不知怎样回答，摇摇头。

"小姐姐，你饿吗？"小男孩蹲在敖瑞前面，从衣袋里掏出一个窝头，递过来。

敖瑞又轻轻摇了摇头。

"看来人家不用咱帮，娘，再耽误一会儿栗子都让人家打去了。"大男孩说完还是很不放心，回头看敖瑞的反应，见敖瑞依旧抱膝沉默。

妇人温和地对敖瑞说："小丫头，早些回家吧，你一个

人在山里遇着歹人咋办，听话啊。"

敖瑞知她是好意，乖巧地点点头。母子三人离开洞口，向山上走去。

"娘，姐姐长得真好看，嗯嗯，她可真像年画里的仙女。"

"小傻子，你整日就在咱杖子里晃，也着实没见过几个长得俊的。"男孩砍掉面前的一根藤条说，"娘，等回去打听打听这个小妹儿，看她谁家的。"

"哼，你打听人家干啥！"小男孩扬起黑黑的脸蛋抬杠，同时晃了晃手中的砍刀收拾了脚边一丛蒿草。

"瞧着她穿戴整齐，不是穷人家的孩子，鞋底也没磨得厉害，她家必是就在这儿不远。"母亲手握镰刀忙着打她身边的蒿草和树枝，利落地扎成一捆，扔在一边。

敖瑞隐了身，慢慢跟在母子三人的身后，不明所以地听他们说话。

母子们在一棵高大的栗子树下停住脚步，解下身上的箩筐和绳索。大男孩借助绳圈，三四下爬上高枝，站稳了，抽出腰间别着的一根细棍，左左右右一通乱打，绿色刺球纷纷掉落。树下，母子俩忙着捡拾刺球扔进背篓。不及躲闪，一颗小刺球掉在弟弟的头顶，小男孩"哎哟"着，举起手里木棍试图戳哥哥的屁股，却够不着。哥哥发觉了，反手将棍子夺去向树下招呼，兄弟俩嬉闹起来，直惹得飞鸟惊起，娘亲侧目。

虽吵闹着，他们手里的活计却没有停，不多时两只柳条筐已经装满。母子三人平整了一块地面，坐下休息，妇人拿出窝头递给孩子。

此情此景令敖瑞羡慕不已，龙族出身高贵，却全无人间亲情恣意。龙宫内遵从礼法相敬如宾，少了亲情的热络。正在怅然若失之际，敖瑞忽然见母子们直盯自己，低头见自己凡女衣裤，才发觉自己隐身的法术在无意中已经收回，遂尴尬地笑着迎上他们母子的目光。

"丫头，过来坐啊！"母亲扬手招呼敖瑞。兄弟俩"嘿嘿"傻笑，互相撞几下肩膀。

敖瑞并未走得很近，五尺外寻块石头坐下。

"姐姐吃个栗子吧？"小兄弟扒开一个刺球，抠出两粒浅棕色果实，走过来递于敖瑞面前，见她不接，放在敖瑞右侧的石头上，又走回到自己娘亲那里。

敖瑞不能吃人间的食物，此刻闲暇，饶有兴致地观察身边这两粒"栗子"，心里嘀咕：这棕黑油亮的东西如何能吃？

少年似乎猜到了敖瑞的疑惑，随手掰开一颗栗子，露出白色的果瓤，远远地举起来给敖瑞看，嚷道："你吃这里面儿，甜着哪，要是回家扔锅底柴灰里爆开，那才叫又香又甜！"

"栗子又能做糕饼，又能卖个好价钱，好给我哥娶……"小男孩没说完就被哥哥捂住了嘴巴。

"还能噎着！"哥哥脸颊绯红。

弟弟挣脱了哥哥的手臂，嬉笑着逃走，哥哥起身佯装追打。

敖瑞失神地看那边地上两筐栗子。

妇人对神情低落的敖瑞柔声说道："闺女啊，是在家里受谁的气了吗？大娘瞧着你身材匀称，模样贵气，家里应该是待你不薄。人啊，遇事儿不能往牛角尖儿里钻，谁也不能说这辈子不受一点儿委屈。"

妇人见孩子们玩闹得远了，站起来欲寻他们，走了两步停下来回身说道："遇着难事儿，可不能忙着为难自己个儿，得想法子，事儿是死的，人可是活的！"

当母子三人再回到栗子树下，惊得面面相觑，因为青石上那两颗栗子还在，那位容颜娇丽的女孩却消失得仿佛从未来过一般。清风吹过林间，异香萦绕。

敖瑞心头一紧，眼前霞光万道，低头看见自己已现龙身，在祥光包裹下急急飞向九重天。她心知有上神出手召见她，内心紧张不敢有丝毫怠慢，虽然猜不出是谁会悄悄提调自己，但能不打招呼就拘天龙上天的神明，仅仅那为数不多的几位上神能做到。

直到赢华瀑布出现在敖瑞面前，她才确定是东华帝君召见自己，她早已读熟的《神仙谱》上介绍过，这位亘古老神仙的仙府后院有面瀑布，瀑布右侧有个玉亭，亭上书有"赢华"二字，这瀑布直通银河，方便龙族溯流而上朝见东华帝君。

　　赢华亭内，东华帝君盘膝禅坐，眉眼低垂。帝君左右各站立一位仙侍，亭前香雾袅袅，仙氛清静。敖瑞蜷起龙身，跪坐在一片荷叶蒲垫上东张西望，头一次来一十三层天，心中不禁暗叹：此处真是极品仙境，但不知为何，心底竟隐隐感到一丝熟悉的温暖。

　　东华帝君本尊比《神仙谱》画像上的样子年轻俊朗许多，神明们的神像固定在成就金仙的年纪，东华帝君即位天地共主之时青春尚在，万年后，帝君把自己示人的神像添了五绺长髯，把面貌改得年纪偏大些，以便匹配他唯一驻世的上古大神身份。

　　见到东华帝君，敖瑞满心的委屈竟暂时忘得一干二净，上清圣境果然令人心神畅快。

　　小天龙跪坐一会儿，见无人理睬，于是痴盯着东华帝君浮想联翩：做神仙就要做到帝君这样的至尊神上神，真是由衷地羡慕哪！转而想到自己的那小小一汪龙虎涧，唉！就算那么低微的涧龙王名号竟也不是自己的，敖瑞的孤寂伤感再次袭上心头。

　　"大胆妖物，竟敢以原身朝见东华帝君！"立于东华帝君左手边的武衣（身着软甲）仙侍厉声喝道。

　　敖瑞闻听猛然清醒，正欲争辩，低头发现自己确是龙身示人，顿悟自己此时已是天庭御封的金光仙子，慌忙收了真身，展现仙子形象，身着天海服，一对珠花压双鬓。

直到此时她才醒悟，上得天来这无人理的时刻，竟然是东华帝君在等自己换装，而自己身为正仙，竟然如此失礼，不由羞得脸颊绯红，重新正衣冠依照女仙之礼参拜。

"金光仙子，拜见东华帝君！"

"金光仙子，封你这名号，可有不满？"东华帝君面容严肃。

敖瑞知道在东华帝君面前耍小心机是没用的，这位亘古老神仙把自己看得透透的，否则他也不会亲自提自己上一十三层天来了。她就是对仙位很不满意才擅离燕山龙虎涧的，否认，一点意义都没有，说不定承认了不满，还会有些改变，毕竟东华帝君是天帝至尊，若他也觉得屈了才，改封也是有可能的。

"居然妄想着更改封号？天帝御令，永不更改！金光仙子怎的连天规都不曾记熟？"东华帝君侧目责问，语气不怒自威。

敖瑞闻言一阵脊背发紧，哀叹自己的小心思简直等同透明。

"小仙不敢！"敖瑞回禀，内心感到一阵酸楚。

东华帝君感应敖瑞心思之余，也皱了眉头悠悠问道："依你之见，何名号能配得上你的功德？"

敖瑞低声回答："回禀帝君，小仙并无功德。"

东华帝君抬手提壶斟了一杯茶："还好，你尚存自知之明，既然明理，便不愧我仙家风范。"

敖瑞知道在至尊面前不可造次，只在心里暗回：武仙赐文职，忒拧巴。

东华帝君挥手给敖瑞面前置一小几，几上陈设着香炉仙果竟与帝君面前的一模一样，刚斟好的那杯茶飞来落在敖瑞的小几上。

"此乃琼浆，金光仙子可为一品。"

敖瑞端起杯子致谢礼，那浓香便扑面而来。敖瑞谢过急急地喝下去，一小杯琼浆没有很多，却因喝得紧张噎住了喉咙，看着敖瑞噎得缩颈皱眉，一旁的文仙侍忍俊不禁。

东华帝君挑眉示意文仙侍再给敖瑞倒满。那仙侍端壶走来笑道："瑞公主慢些饮用，知你龙族吞江海量，饮这琼浆终须尝尝味道才是最好啊。"

敖瑞有些尴尬，但这第二杯也喝得太快还是不知滋味，心想不会给自己倒第三杯了吧，于是讪讪地低着头不好意思面对帝君。

出乎敖瑞的意料，文仙侍又给她倒了一杯，敖瑞抬头看帝君，不只为受帝君赐案，这份与上古大神平起平坐的荣宠，就让她心中满溢感动。

四目相对那一瞬，东华帝君的表情竟充满慈爱。但很快，帝君的表情又变得严肃了。

敖瑞甚至怀疑刚刚是自己看错了，记得《神仙谱》上说过，东华帝君以保护天下苍生为己任，其意志坚如磐石，不苟言笑，是天界最严肃耿介的长者。

东华帝君示意文仙侍把那仙壶放在敖瑞的小几上，敖瑞连忙叠手一揖："小仙，谢过帝君！"

"金光仙子，我知你对于这个封号甚为不满，倘若我告诉你，天帝赐你这封号源于我的提议，仙子可欲知其缘由？"

"小仙愿听帝君赐教。"敖瑞再次行叠手礼。

敖瑞在塞北燕山龙虎涧，修行了这几百载，不曾见过案上现在摆着的如此玲珑剔透的蟠桃，如今香香地摆在面前，敖瑞很想尝尝味道，她看看桃子，再看看帝君，见帝君轻轻点头允准了，也不再拘谨，拿起案上一只蟠桃咬了一口，边吃边暗自思忖：这名不副实的封号竟然是帝君的旨意，那原因我便索性边吃边听好了。

"仅一名号而已，并无深意。"东华帝君一副悠然的神情，语调轻快地说。

让自己百思不得其解的困顿，背后竟是这么简单的理由。敖瑞这一惊吃得目瞪口呆，只觉如鲠在喉，内心五味杂陈，龙目失神，张嘴咬着蟠桃僵在原地。

"我昔日曾被推举至天地共主之位，彼时周天并无法力高于我，或者有资格赐我封号的上神。"东华帝君语调轻缓，仿佛在给孩童讲一个遥远的故事，"平定乾坤之后，我才厘清：我一心想创造的至纯世界，其实并不存在，大道运行如离弦

之箭，大治之后还会不断出现新的对立面，新的矛盾。乾坤之中，三界之内，并无一劳永逸！"

"所以，您后来主动卸去了天地共主之位？"敖瑞点点头，咽下一大口蟠桃说道。

她感觉自己似乎领会到了帝君的深意，但又不是很确定。蟠桃真是香甜，吃过唇齿留香，就连头脑也感觉清醒了许多。

"历个天劫，得个听起来荣耀的封号，从此裹足不前？"东华帝君右手托腮微微摇头道，"那远非我对你的期望。"

"哦！"敖瑞有些羞愧，娇艳的面颊红得就像面前的蟠桃。

"若仙子再计较册封的是文职还是武职，岂非拉低了你天龙的名头。"帝君调侃道。

"小仙谨记帝君教诲！"

"嗯，很好，你很懂礼数。"东华帝君说道，右手前指作召唤法印，一道金光降下天界，不多时，打神鞭沿着法力之光，飞上一十三层天，鞭柄落于东华帝君手心。

"这打神鞭，仙子可琢磨了用法？恐怕不曾仔细看过吧。"

"小仙惭愧，自从得了这宝物的确无心查看。"

"不看也罢，不过一根棍子。"东华帝君用打神鞭如孩童玩耍般轻敲亭柱。

敖瑞及在场的所有仙侍仙童都吃惊不小，虽然帝君向来言语风格就是如此的不在意料之内，但这可是震慑周天唯一的一柄打神鞭，其威力之大无人不知，在帝君口中竟然等同于一节寻常棍子。

见众人面面相觑，帝君一边擦拭打神鞭一边冷笑道："此世太极确立之初，本君倦了入世，就寻了个道门老童，替我去人间整理，这打神鞭就是号令仙灵的信物，是我随手从紫藤殿里掰下来的一截老藤。"

东华帝君虽至尊至傲，但这话却是实言不虚。

"这打神鞭在人世走过一遭，竟也有了灵性，也知道自己挑选主人了。"东华帝君放下擦拭打神鞭的绢帕，目光转向敖瑞戏谑地说，"趋炎附势，它在人世，看来学了不少凡人的俗气。"

"瑞公主尚未出道，便得凡人爱戴，打神鞭愿意追随也是常理。"一旁的武仙侍赞道。

东华帝君闻言，意味深长地看了武仙侍一眼，笑了笑。

"这柄打神鞭的用法，金光仙子你可知道？"

"小仙拜请帝君赐教！"敖瑞说。

"这打神鞭我早已赋予了它神力，三界中所向无敌，要驱使它谨记一条：心存正道！"

"谢帝君不吝赐教，小仙尚有一问。"

"讲！"

"生而为神，身系厚望，小龙无从选择。只是这仙途漫漫，

若仙生始终绷在弦上，岂不太过悲壮？"

"好问题！"

东华帝君轻拍胸口，示意让敖瑞像自己一样，说道："张弛有度——张时全力以赴，弛则修养身心。"帝君说罢粲然一笑。

敖瑞是何等聪慧，即时心领神会，亦报以甜美笑颜，双手接过武仙侍送过来的打神鞭，举之过眉："敖瑞谨遵法旨！"

"启禀帝君，瑶池的青鸾仙子捎书来了，现在大殿等候。"小仙童上前禀报。

东华帝君指了指小几上的蟠桃，说："嗯，金光仙子请自便。"

东华帝君隐身离去，敖瑞与众仙者一同肃立长揖说："恭送帝君！"

帝君走后，文仙侍在敖瑞面前一揖，右手向瀑布方向示意说："瑞公主，请这边移步！"

敖瑞不明所以，背上打神鞭随之前行，见那赢华瀑上弥漫着的祥光随着文仙侍的法力转动，一幕情景展现出来：浩瀚大海之上，东华帝君由自己头顶取一缕元灵，施以神力罩住，向前一送，那元灵随即被金光包裹极速飞入海底，穿过层层屏障进入金碧辉煌的水晶宫，不多时，水晶宫大放异彩，其中人影攒动。

"那是我？！"敖瑞十分惊喜地问。

"虽然公主注定负重前行，但绝非孤军奋战。"文仙侍郑重地说。

敖瑞如释重负，心性豁然开朗，正欲现真身飞下一十三层天。

"殿下请留步，请受小仙一拜！"武仙侍突然拦在敖瑞身前。

敖瑞有些不明所以，连忙伸双手作搀扶状："仙侍请起，这所为何事？"

"适才小仙冲撞了殿下，恳请殿下原谅。"武仙侍见敖瑞表情微怨，慌得跪了下去。

敖瑞拉住他衣袖，莞尔一笑："仙侍与小龙同为仙僚，万不可行此大礼，何况小龙还要谢你，方才一声大喝，令我免于在帝君驾前失礼。"

"瑞公主贤德！"

"就此别过，后会有期！"

敖瑞挥手收了几只蟠桃揣在怀中，英姿勃发，飞下天界。

"天龙已是至尊，无须任何天封，但愿瑞公主能真正领会帝君之意。"文仙侍望着玉雕般的金发白龙隐没于云朵之下，喃喃说道。

文仙侍转头问武仙侍："你刚才那一跪，着实让我吃惊，实在有失仙格，就算是为喝了公主一句而道歉，也不至于如此啊？"

　　"帝君不会怪罪我跪公主有失仙格的，即使怪，我也认了，我的修为比那普化天尊如何，公主若哪日想起吃过我一唬来，随手给我一记掌心雷，只怕我当时就神魂俱灭了。"

　　"瑞公主不会斤斤计较的。"

　　"她是不拘小节，我且跪了图个安心。"

十二　再练精兵　出征南海

敖铭在小龙宫背着手踱步，身后跟着龟丞相，龟丞相身后跟着鲶鱼将军，鲶鱼将军身后跟着虾兵蟹将。水族们随着敖铭的脚步走走停停，不时叹气，水族们互相拥撞，不敢高声，相互比画着争辩，那场景极为滑稽。

龙虎涧十几丈深的水体忽然由上至下通体透亮，祥光一收，敖瑞精神抖擞地出现在小龙宫众水族前面。金光仙子于三日内归来，龙虎涧免于灭顶之灾，大家都如释重负。

敖瑞轻挥衣袖，几枚蟠桃出现在龙书案上，敖瑞拿起一个递于敖铭说："仙家圣果，有助修行，烦请龙虎涧龙王把余下这些果子论功行赏，分掉吧！"

"小弟恭敬不如从命。"

敖铭悬着的心也放下来，对天龙姐姐的恭敬亦一如从前。

自此天龙连历雷劫、人劫、心劫。三劫圆满成功，加之天界之行，让敖瑞心胸豁然开朗，细细回想历劫过程，慨叹自己置身谜中，任性冲动，险些贻笑大方。之前自认为金光仙子的封号不配自己法力，如今看来，自己的灵智还远远不足以应对未来之难。天地乾坤运行诸多变数，仅仅以蛮力相抗，胜算不大。

塞北燕山法罩之内，龙家姐弟使出浑身解数，排兵布阵，演练其中。

敖铭使出周身法力与姐姐对战，频频伤重，却无丝毫怨言。

每每对战结束，回到龙书案，敖瑞不再似从前只看兵书战策，她分秒必争地饱读人间的经史子集，更多地了解人间的风土人情，即使在对战暂歇时也手不释卷。

为掌握人间最新的动态，东海每年送来的大量书籍也均被她读熟翻烂。

不知过了多少人间年月，忽然一天，天官来龙虎涧降旨。

天官宣旨："神州南海有异族神兽来犯，腥风血雨侵疆掠地，南海龙族奋力抵抗损失惨重，今令金光仙子携打神鞭出征，镇南海之乱。"

敖瑞再拜，双手过顶接旨："金光仙子，接法旨！"

拜送天官回转天庭，敖瑞低头看看玉旨，若有所思地回到龙宫。

敖铭主动请缨："瑞姐姐此行可否带小弟同去，龙虎涧水兵也已习惯于淡水、咸水之中行动。"

敖瑞摇头说:"南海水君实力向来不可小觑,如此惨败求援,一定是遇到了强劲对手,此去必是一场恶战。玉旨上没有提你们,龙王私自出封地有违天条,我更无意带你们涉险。"

是夜,鲶鱼将军龙书案外跪请同赴南海参战。敖瑞面露难色,其用意不言而喻。

敖铭不能出征本就气恼,盛怒之下拎了鲶鱼将军扔出宫门。

次日清晨,龙虎涧水族列队送行,敖瑞祭起开路(掌心)雷。

打神鞭飞出龙虎涧一路向南,警示各路神仙:天龙出战,敬请避让,如有阻碍,格杀勿论!

敖瑞纵身飞起现金发白龙龙身,紧随打神鞭飞出龙虎涧,刚刚垂直飞至上空,忽见左侧一物,由下至上疾速追来,未等敖瑞看清那是什么,一道天雷猛地击在那东西背上,竟是鲶鱼将军,他瞬间燃成一团火球消失殆尽。

白龙大惊,虽心有不舍,无奈箭在弦上,遂紧咬牙关,风驰电掣纵穿神州赶赴南海。

龙虎涧水族亲见鲶鱼将军历劫这一幕,个个大惊失色体若筛糠,毕竟物伤其类。以龟丞相为首的水族垂头丧气地跟随敖铭回到龙宫主殿。

龙虎涧龙王敖铭大怒，说道："本王昨夜那般劝诫，鲶鱼将军仍一意孤行，自古没有规矩不成方圆，今日鲶鱼将军天劫虽来得突然，却也在意料之内，龟丞相可有高见啊？"

龟丞相心情复杂却不得不附和："龙王所言极是，老龟昨夜也曾劝鲶鱼将军不可不自量力，谁想他今日仍以忠义之名行狂妄之举，终是自取灭亡，我等应当引以为戒。"

敖铭盛怒稍平："四公主此去南海，本王的担忧比诸位更甚。天命如此，无力助之，切莫扰之！"

二层天上，穿云透雾，金发白龙追随打神鞭飞越神州。敖瑞内心感慨，我神州民风淳朴，江山如画，怎奈丰腴之地，引来异邦觊觎。此战需要讲求谋略，敌我不明的情况下，绝不冒进。

飞越南方最后一座山岭之后，南海遥遥可见，海面上空乌云密布，黑云中电闪雷鸣却没有大雨落下。

白龙收真身现法身，挥动右手召回打神鞭，背在身后。

敖瑞隐身飞近妖云，仔细观察海面动静。

忽然，面前海浪中蹿出一黄一黑两条巨物，海水沸腾翻滚，敖瑞忽听隐约中有祈求声音，定睛观察，下方风浪中三条小船残缺不全，船上一个衣衫褴褛的渔人抱着桅杆大声呼救，其他渔民自顾不暇，那渔人大喊大叫呛了些许海水。

浩瀚南海上空诡云翻滚，电闪雷鸣，南海海面惊涛骇浪，众多渔船随巨浪升至顶峰，旋即落入深渊，没了踪影。

　　船上渔民命悬一线，绝望中死死抱住桅杆，眼看两条小船就要被沸水锅一样的环形旋涡裹挟撞在一起了，忽然，浓云中俯冲下来一条金发白龙，两只龙爪各抓一条船，带着他们飞出险境，白龙携两船飞至岸边，轻轻安放于沙滩之上，转身又飞向南海深处。

十三　初战控局　幽谷接见

　　沙滩上空无一人，椰林残躯败叶之后露出几个人影，匆匆跑向被救渔船。劫后余生的渔民被拖下来，扶入密林。其父老皆望空叩首，拜谢白龙救命之恩。

　　南海深处，海天苍茫，黄、黑、青三条异龙正在海天之间缠斗，时而腾在空中互相撕咬，引得天雷密布震耳欲聋，暴雨狂风肆虐；时而潜入海中，掀起怪浪将渔船打得粉碎。

　　三条异龙忽然发觉白龙救走几条渔船，于是停下混战，气势汹汹地向北追来。

　　沿海渔民再受其苦，停泊码头的船只十有八九受损，更有些船永沉于海底。陆地上的民房也被群龙法力击中击毁，村庄内外火光四起，人们扶老携幼匆匆逃往山里狼狈躲避。

　　敖瑞站在云端口念法咒，刹那间化作一条巨大的金发白龙由北向南气势磅礴冲向异龙之中。

白龙口喷火球，三条龙分别被击中，蒙在半空中不明所以。说时迟，那时快，白龙乘此机会再次连续打出三记掌心雷，三条龙同时受创齐齐落入大海。

陆地上一众老者激动地大喊："快看哪，上天派大白龙来救我们了！"

匆忙逃命的人们停下脚步仰首观看，见白龙以绝对优势猛击三条恶龙，孩子们不约而同拍手叫好。正在男女老幼群情激奋，驻足观战时候，白龙右肩竟被黄龙从水中跃出偷袭，一时间受伤的白龙径直飞回北方，坠入山野密林，消失了踪影。

三恶龙紧随追至当地，腾于空中凶猛地将法力射入那条山沟。山沟里、山坡上顿时火光浓烟四起，热带密林在霹雳之中，噼噼啪啪地燃烧起来。

当地太守闻报：有一白色神龙救民于水火。于是太守带领官兵与当地百姓一起冒雨进山，寻找坠落的白龙。太守与军士百姓在坠龙之地遍寻半晌，也没有找到白龙的影子。

就在众人大惑不解之时，一老渔民在青年人的搀扶下找到太守禀告，说西山北坡上有一白衣神人，坐于林中，头上无雨，甚是奇怪。于是众人连忙分开林中藤蔓赶去查看。

芭蕉林中果然有一人，身着银盔银甲外罩白色战袍，身背打神鞭，周身笼罩在金色祥光中，神情平静正在禅坐。众人壮着胆子靠近些观察，发现白袍小将周身都是星星点点的

血迹和雷火烧过的灰黑色痕迹。

民众欣喜若狂，群情激奋之下就要贸然接近白袍小将，被太守厉声喝止在三丈开外。

众人在暴雨中的树林里静立，大约半个时辰后，白袍小将长舒一口气，转头看向众人。

太守思忖一下，整理衣冠，带上两位武将和两个村民，五人战战兢兢走上前，百姓们则留在一丈开外的原地等候。

直到走近白袍小将，看清她的面目，太守及众人均不由得心凉半截，对方不是想象中的面相彪悍的神将，银色盔甲下，分明就是个稚气未脱眉目俊美的小姑娘。

原来，龙神呈现巨像看似强大，霸气全开震慑敌方，但是对于神龙的灵力损耗很大，加之适才被偷袭，敖瑞自觉伤得有些重，又见群龙乱斗根本无章法可言，混战消耗灵力毫无意义，于是虚败堕入山林。此时她凝神静气调养元神，疗治伤处，还未恢复就见官兵探头探脑地摸到近前。

众人的惊讶敖瑞早有所预料，抬手一挥，身披斗笠的男女老幼头上被白光笼罩，罩内顿时一滴雨都没有。

敖瑞站起身沉稳地问道："来者可是本地的官员？"

太守连忙率四人跪倒在地答："下官正是，不知将军，啊上仙，啊姑娘，您怎样称呼？"

敖瑞微微颔首道："父母官无须纠结称谓，称我白将军就好。至于我是女儿身，仅限于你五人知晓。"

太守说："是是是，下官明白，敢问白将军伤势如何？"

敖瑞说："哦，你们此行的目的就是来看我的伤势，父母官为何不多在乎一些外面的战事。"

太守说："下官正是因战事而来，白将军英勇善战护卫黎民，本郡百姓有口皆碑，下官感激不尽！"

敖瑞微嗔道："为求护佑说的比唱的好听，大灾来临百姓受难，官府之人只自顾抱头鼠窜，平日里高衙大堂上的威风哪儿去了？"

武将甲跪拜说："启禀白将军，我家大人平日没有一点官架子，爱民如子，本郡人尽皆知，将军莫要冤枉了他。"

武将乙跪拜说："此等大灾来势凶猛，没有征兆。我等凡夫空有蛮力，苦于无人知晓该如何应对，听闻百姓来报，白龙将军为保护我等英勇负伤坠于此地，太守大人亲自冒雨上山寻找，官服撕破，脚踝扭伤，仍坚持……"

太守挥手止住他说："行了别说了。启禀白将军，下官上山时带上了本府医术最好的医师，可否让他们为将军医治？"

敖瑞神情严肃，抬右手，食指向斜下方一弹，法力过处，太守脚伤瞬间痊愈，绑脚踝处的布带掉落在地。

众人近距离面见神力，惊慌不已集体磕头道："叩谢白将军。"

敖瑞说："诸位请起来说话。"

敖瑞面对太守说："本将军来得匆忙并未了解此地风土人情，言语不周之处还望父母官见谅。"

太守说："白将军客气了，将军之神力我等已亲眼看见，不知上苍是否会派遣更强大的神明前来助阵。"

敖瑞冷笑一声，眼神犀利，说道："你这是在质疑我的法力？人间常说不以貌取人，神族法力同样不以年岁论高下。大人难道忘记了'自古英雄出少年'！"

太守表情尴尬地说："是是是，正所谓初生牛犊不怕虎。"

武将乙说："可是白将军您昨天，分明是因伤败下阵来啊？"

敖瑞傲气一笑，说："败？本仙何曾败过！让这三条蠢泥鳅再打一会儿，互相消耗一下而已。"

太守闻听着急了，一撩官服跪在敖瑞面前说："白将军明鉴，此一方百姓被恶龙袭扰已有数十日，实在是民不聊生，百姓苦不堪言，下官代本地百姓乞请白将军速战速决！"

太守身后四人也一同跪下附和："乞请白将军速战速决！"

敖瑞神情严肃运灵力扶起众人说："此三条龙非我中华族类，其强悍程度虽在我意料之中，但若他们对我群起而攻之，胜算不大，看来是本将军轻敌了。"

百姓中一位老者说："白将军，小老儿听祖上传说，周天最强大最善战的龙神是天龙犼，斗胆问将军您？"

敖瑞点头说："本将军正是老伯所言的天龙犼。我若战败，恐怕天宫没有更加强大的龙族能来应战。"

一位青年向敖瑞作揖说："禀白将军，众所周知，华夏龙族不止一位龙神，如果四海龙神兵合一处将打一家，难道也打不败这三条恶龙？"

在场的其他人明显也有此想法，也都疑惑不解地看向敖瑞。

敖瑞娇柔地撇撇嘴说："众多龙王不假，但都各司其职，若无凌霄玉旨，不可擅离职守。若真如你所说那样，就真的天下大乱了，看来壮士昨日海水喝得还是太少。"

青年闻言目瞪口呆，顿悟面前这女孩正是救命的龙神，连忙跪拜说："白将军明察，是小人糊涂了，将军救命之恩，小人生生世世永志不忘，昨日被救的诸位乡亲也都在坡下等候拜谢将军大恩。"

敖瑞冷笑道："你们先不要急着谢我，这场恶战还尚未见分晓。"

敖瑞收了笑容转向太守说："这三条恶龙虽法力强大，却并非坚不可摧。我有一连环计，需各位军民鼎力相助，可使恶龙各个击破。"

五人齐声："我等愿与白将军同仇敌忾！"

敖瑞闻言笑靥如花，调皮地挑一下眉毛，表情严肃的五人瞬间泄气，露出哭笑不得的表情。

十四　龙人智慧　七星退敌

九天之上乾坤盘四周，玉帝率众仙一同观战，忽然白龙被偷袭坠落山谷不见踪影，神仙们一阵哗然。司命星君和玉成元君格外紧张，愁云惨雾笼罩在道行高深的神仙们脸上，二郎神甚至提议玉帝御驾亲征，鉴于此战不同于往日神州内部的战事，玉帝面容凝重没有立即否决这一提议。

太白金星道："天龙生即强神，但能否担起万年大劫谁也不能妄下定论。这南海之战不期而遇，不失为验证天龙战力之机。"

南极仙翁说："自上古以来龙族异于人仙，金光仙子自诞生至今，观其表现可以说不负众望。若为此战折损了岂不可惜，愚以为应当适时以助之。"

司命星君连忙感激地点头附和。

托塔李天王父子刚要请战，被玉帝抬手制止。

玉帝："非是天庭孤立天龙，硬要她独当一面，龙族自上古时约定逢战必单打独斗，异邦之神兽来犯看起来三战一，实为各为其族。"

乌云密布之下，郁郁葱葱的五岭南部丘陵，太守令士兵拿过本郡地形图，五人一龙埋头商议，之后每人各有分工。

敖瑞抬头问："诸位还有什么问题尽管说来。"

武将甲抱拳说："海上风大浪急，白将军若是听不清我们的战鼓声怎么办？"

敖瑞说："这个你们不必担心，龙族耳力、视力极好，不然怎么于暴风巨浪中听见看见那些遇困的渔船？"

武将甲表情尴尬地点点头。

敖瑞说："将士们在山岗上也要注意隐蔽，运送火药的过程中千万注意安全。有赖各位鼎力协作，小白龙定拼死不辱使命！"

两名武将抱拳领命，拜别敖瑞和太守，各带一支队伍下山。

那位老者稽首说："白龙将军为我等浴血奋战，享受供奉自是理所应当，只是这供奉之物可有讲究？敢问白将军以何物作为供奉最为有力？"

那个青年人愣头愣脑抢话道："这个我知道，当然是杀猪宰羊牺牲供奉，是为最高拜神之礼！"

敖瑞摇头叹息道:"那倒不必了,如今生灵涂炭损失惨重,剩余的牲畜还是留到日后为百姓重建家园时使用,拜礼用现有的水果、谷物甚至香花即可,务必告知民众只需诚心拜祷,既助本将军得无边神力!"

老者跪拜说:"白龙将军宅心仁厚体恤万民疾苦,老朽代百姓拜谢将军!"

敖瑞弹一道灵力扶起老者:"老人家不必客气,龙、人本是一家,小龙愧受了。"

安排完毕已是凌晨,东方丝丝露白,西南海上却是云卷云舒雷声滚滚,混战还在继续。敖瑞挥手示意众人后退,太守和民众退出约两箭之地,敖瑞龙头一晃,金发巨龙于一道强光中现七丈真身,携风带雨飞离山林,冲上二层天。

人们目送白龙起飞,金发白鳞巨龙右肩一道撕裂伤口赫然显现。

太守十分自责催促白龙尽早参战,叹息道:"真不愧我华族龙神,如此伤势依然负重前行,我等又有何理由懈怠!"

老者说:"大人,事已至此莫要自责,龙神的伤势恐怕不是凡人大夫能医治得了的,我们还是按照白将军的安排行事,助她尽早打赢这一仗吧!"

南海上空群龙混战直杀得天昏地暗,日月无光。

地面上人们趁着暴风雨还在海上,紧锣密鼓地准备着,因有巨龙做保护,人们的热情极为高涨。渔民还在南海沿岸沙滩上搭起长长的雨棚，棚中摆好供桌，桌上堆满供品，供桌后设有香炉，焚起高香。

太守带领军兵在沿海那一行低矮的山峦上，按照北斗七星的布局堆起七堆高五尺的篝火，每堆篝火不远处支起七面大鼓。每每白龙飞至近岸时候，壮士们就轮班擂鼓助威，战鼓声声和着电闪雷鸣，天龙敖瑞于战鼓声中越战越勇。

战至黄昏，忽闻战鼓鼓点变换，白龙会意，急摆龙尾连续扇了黑龙的头部几下，之后佯装败走，引气急败坏的黑龙来追。

金发白龙沿北斗七星阵的勺柄低飞，进入弧形篝火堆。就在黑龙紧随其后进入勺形篝火阵内时，军兵们揭开盖在大炮上面的芭蕉叶，藏在火堆四周的大炮同时点火开炮，陷入火炮包围圈的黑龙被炮火重伤，体无完肤，黑色龙身跌跌撞撞沿山脊滑落海边，压烂了几十颗椰子树，最终滑至沙滩苟延残喘，灰溜溜地钻入海底，战败退出。

战鼓轰鸣中暴雨停了下来，夕阳穿过厚重的云层，照在每一个人脸上，初战大捷，军民士气大振，人们奔走相告。但七星阵大捷并未吓走其他两龙，它们仍旧与天龙缠斗不休。

太守却指令军士把山上大炮撤下。

武将甲兴奋不已地问："太守大人，白龙将军的七星阵如此精到，大炮运到山上也实属不易，何不再用一次杀他个痛快？"

太守略加思索："你道面对的是寻常的敌人？这些骁龙虽然来自异邦，也是潜修许多年月，其智慧早在我等凡人之上，它们当真还会再吃一次亏？白龙将军临行嘱咐，大捷后立即运大炮回归炮台原位，海防不可有一日松懈！"

将士们闻言点头称是，齐心协力挪动大炮下山。

远处天空依旧阴云翻滚，两龙一犼在海面上下翻飞，斗红了眼睛。

海天之间仍在大战之中，人界亦在助力，太守依照约定，于民间挑选长相俊美的及笄少女，两人一组，担一青竹，竹竿上挂着一筐时鲜瓜果，每村一队，送往海边。以队伍为首的两位女孩最为勇敢美貌，她们的竹竿上挂着写有村镇名字或祈愿吉祥的文字标旗。民众视为家族荣耀，主动打扮女儿争当头标。于是父兄打鼓吹奏在前，妙龄女孩花枝招展担水果标旗紧随其后，终成人间一美景。

夜幕降临，海风轻轻吹拂，沿岸二十丈一堆篝火，篝火前面是摆满了鲜果供品的供桌，供桌后面是放倒的雨棚，人们躲在雨棚后面。供桌上香烟缭绕，对于久战的神兽来说是最大的诱惑。

金发白龙飞回海岸线吸收百姓供养，三龙身上皆伤痕累累。

黄龙见有供养，也不辨谁家所设，甩掉青龙的纠缠飞来，躲在雨棚后面的军兵让过白龙，朝低空飞行的青龙和黄龙身上扔沾满了污物的石块，身染污物的神兽灵力加速消散，即刻无心恋战，跌入海底。

漫天乌云卷曲收敛，分别向东南、西南方向远去。在白龙的强大法力打击下两条龙向南海深处节节败退。

白龙在把对手向南驱离的过程中，越飞越远，消失在人们的视野中。

南海海面逐步恢复平静，正南方暗夜里低沉的灰白色云朵渐渐散去。

亿万年闪烁着的漠视苍生的星宿们见证了一犼战三龙的故事，千年神话由此传颂。

（后世为了纪念人龙联手战胜外来侵略，每年南方部分地区的青壮年，模仿当年双手持鼓槌列队换班打战鼓的场面举行游行——这就是英歌舞，一直传承至今。）

十五　酣战深海　各个击破

南海上空，日月穿梭，斗转星移。

敖瑞精疲力竭思维模糊，剧烈的搏击动作颇为耗费她的灵力，这样看不到尽头的追逐也更加消耗她的法力。不过两条异族神兽也已经奄奄一息，偶尔出水反抗一下，大多数时候是在水下狼狈逃命。

白龙因为是天龙狲灵识极高，可以随时感应到它们的位置，只要见它们露出水面换气就迎面飞过去，把他们的头拍下水。但是很快敖瑞就郁闷不已，这两条异龙来自不同的老巢，它们各自回归自己的巢穴方向，以至于两条异龙之间的距离越来越远，一起追击它们的难度也越来越大。

南海南部礁石小岛很多，异龙有足够时间幻化成礁石躲避起来，敖瑞不得不用掌心雷劈烂礁石岛来分辨是不是那条黄色异龙变化而成的。

　　一路驱赶两龙南下，敖瑞消耗的灵力过大，伤口太多没有机会治疗，最终只能勉强支撑贴近海面飞行。忽然，她在水面看到了自己的真身伤痕累累的影像，同时发现自己隐身的能力消失了。

　　敖瑞暗自思忖：我是否要拼尽全力把这两条龙尽快杀死以绝后患呢？天庭只说平定南海之乱，对于异龙的处置没有明确指令，也许想让我与它们同归于尽不便明说。想到这里敖瑞很是伤感，她感觉自己杀死两条异龙之后恐怕没有气力飞回东海了。

　　黄龙灵力不小，精疲力竭还能负隅顽抗，敖瑞决定首先对付它。敖瑞收缩身量迅速潜水追上黄龙，一口咬住黄龙龙尾向后一甩，黄龙被甩出水，在空中翻腾了半周落入海中，敖瑞张嘴咬住黄龙的逆鳞处，黄龙前爪不断地挣扎，奋力挣脱了，潜下海洋深处，南海水族在海底喷水柱把它赶出深海。

　　仓皇之下，黄色异龙的头部掉落了。

　　见此情景敖瑞大吃一惊，心想：怎的挨这一下便死了，此前我的天龙掌心雷此物接了不知多少，也没见伤它性命。

　　那没了头的巨物，却也能继续逃窜，敖瑞浮游于水面继续盯着它，细看之下发现，那龙头竟是伪装，龙身实则是由一群鱼妖纠缠而成，此刻使其聚集的法力因受创而渐渐散去，鱼妖们各自私心渐渐显露出来，以至于聚合而成的"龙体"开始出现众多裂隙。

敖瑞一路紧追，在鱼妖们浮上海面透气之际，与水下南海龙族配合，上有天雷，下有水炮一同夹击。那黄龙身躯一瞬间化作千万条深黄色小鱼，四散而逃。为防其再度集结作乱，敖瑞飞至半空，连发多道法力，南海海面上顿时形成扇面状冲击，方圆几十丈海域遍地开花。

遥遥看见有岛链出现，敖瑞停止追击，转头飞向西方，寻找另一条异龙。

那条青龙见白龙追着黄龙一路东去，估计白龙大战多日会消耗太多法力，便有些懈怠。那异龙将真身发散开，晾在一礁石小岛上吸收日月精华。

不期敖瑞战罢黄龙回来得竟这般快，见青龙瘫在小岛上，于空中收了真身化法相，抽出背后打神鞭，向下一掷。

那打神鞭本是灵物，迎风化作巨棒，重重打下去，大青龙吃痛一个翻身，欲海遁逃走。

敖瑞于半空运法力，结天罗海网，在小珊瑚岛西面浅海之中一举拘了青龙。

打神鞭于是肆意敲打青龙，也不很重，青龙被频频打头很是气恼，遂变化出五个头，打神鞭亦分化出五根，若人手掌，打得青龙无处可逃。

近礁海面一棍一异龙打得热闹，敖瑞心知这打神鞭亦是东华帝君的战斗风格，青龙恐怕在劫难逃，索性趁此机会自己也休息一会儿。敖瑞点手射出火焰，将面前一块珊瑚石烧

成石几模样，从腰间拿出东华帝君给的琼浆壶和小茶杯，坐在石几后自斟自饮。敖瑞十分珍视这对赠物，此前在兄弟敖铭面前也不舍得拿出。

敖瑞倒了两杯琼浆饮下，身躯疲惫减轻了许多，再看时，琼浆壶内还是莹莹亮亮，丝毫没见减少，才知此壶为不可多得的圣物，美丽的龙家少女不由会心一笑。

那青龙化成三头、五头，甚至七头，打神鞭也能变化出与之相同的分体，悬于它每个头上照打不误。

如此这般闹腾了十二个时辰，多头巨蟒后来神志迷离导致法术混乱，头上出头，却无五官如树木枝杈一般，身躯奇形怪状且抽缩不得。打神鞭便幻化了和它一样的怪异形象，悬在它头顶，稍有动静便劈头盖脸砸下来，异兽若潜下海，打神鞭就打得更狠，吓得那异兽僵硬地浮在海面不敢动弹。

它们僵持得太久，敖瑞索性凝息打坐，休养元神，感觉法力恢复不少，虽然不及初来南海时强大，却因真身受损，无法很快复原，身躯略动便有刺骨伤痛袭来。

海面安静下来，异兽又伤又累气若游丝，敖瑞左手伏案，右手支腮，悠悠一句："你看你长出这么多个头，睡觉得需要多少枕头啊？"

那疯长树木一般的异兽竟然听懂了，气恼不已，更加拼死反抗，打神鞭敲头也敲得更欢了。

敖瑞收紧天罗海网，那异兽身形便小了更多。

敖瑞头上珠花璀璨，映衬着她苍白的脸颊。她双手托腮，慢条斯理地喃喃问道："你是树精吗？不对啊，树精可以背井离乡，异地征战吗？嗯，也许吧？所以树精灵智太低，修到高阶也不会说话，年年开花结果，身边儿孙满堂，享受天伦之乐不好吗？"

那异兽闻言，抖动身躯，越缩越小。打神鞭也渐渐和成一根，但仍悬在其头上三尺的空中。

最终异兽竟然化作一位异族少女的样貌，跪于水中。女孩黑发半挽，上身青色紧衣短袖，下身青色裹身长裙。

"小女不是树精，请上仙饶我性命！"那异族少女姿态虽低，口气却不谦卑。

敖瑞听出来她心里的倔强，并不气恼，故意挑衅地说："输了就是输了，为何故作虽败犹荣的姿态？"

"等我练出趁手的兵器，再战定不输你！"

"口气不小啊，竟然会说我神州语言，修为不低且有渊源哦！若不来犯，舒服地做你的地仙多好啊！"

"蓝天碧海，强者天下，污蔑谁是强盗？真是笑话！"

"你也知道强者天下，只可惜强者不是你！"

异族少女有些泄气，情绪低落不再说话，敖瑞上下仔细打量她：浓眉大眼，高颧骨厚嘴唇，真不是中原地仙的样貌，但是个耿直的姑娘，若不是敌者，敖瑞甚至愿意与她为友。她身边海水透明见底，两只大青蟹在她身边爬来爬去，敖瑞

知道那是南海水族的蟹将军，它们在帮自己监视着。

"大凡妖精都给自己取个响亮的名字，你有名字吗？"敖瑞依旧口气轻蔑。

"士可杀不可辱！"异族美女倔强地说。

"哈哈哈！可惜你非士，不告诉我名字也好，省得我杀你之后心有内疚，不过杀个无名氏而已哦！"

"我，我家在美空。"异族美人略有忌惮地说。

"美空水八千里，源于神州扎曲。"敖瑞骄傲地招手，召回打神鞭。

"不用那棍子，我一定赢你！"异族美女眼睛直盯着打神鞭，看来吃打神鞭的苦吃怕了。

"倾国倾城，冥顽不灵，犯我家园，杀我子民，你是哪里来的孽畜！"

"你也非人，有本事不用那棍子，打得我心服口服！"

"即便不用打神鞭，你也死定了！"敖瑞收回天罗海网，飞上半空，现出真身，金发巨龙虽有几处鳞裂伤痕，依旧气势威严。

那青龙也现真身，仔细观之竟是头上长角的巨蟒，青幽幽的蛇鳞暗暗地闪着荧光。

二龙上下翻飞又战在一处，巨蟒明显没有还手之力，且战且退，潜入海中向西逃窜。

南海水质透明，巨蟒不会隐身，所以小天龙总是能准确地在她换气的时候给予打击。

忽然，那巨蟒猛地跃出海面，用身体把小天龙圈入海中，两个巨物在海里，翻滚缠斗，毫不相让。

十六　一战功成　封神极乐

　　九层天上，祥云深处，重量级的东方神仙和西方佛菩萨会聚在南海上空。玉帝与佛祖简短商谈后，让瑶光星君去到东海龙王和南海龙王处，请两位龙王来玉帝面前议事。

　　两条巨物刚刚上浮至海面，白龙正欲咬它颈项，忽听耳畔有个厚重而富有磁性的声音叫道："金光仙子，放过它吧！"

　　敖瑞继而听见父王的声音也在耳畔响起："瑞儿，暂且留它一条性命！"

　　小天龙神志虽有些模糊，但是听到父王的声音不敢怠慢，张口松开青龙，它趁机翻身入水逃命去了。

　　小天龙浮上水面，见头顶上方一周，白云朵朵环绕，每朵祥云上都有一位盛装神明注视自己，东半部分的天空是东方玉帝诸神，西方天空尽是西方极乐世界的佛菩萨。

　　如此亘古未有的阵势敖瑞在书籍图例中从未见过，大大出乎她的意料。

小天龙收了真身，着银盔银甲在东海龙王法力支持下跳上云端，来到父王和南海龙王面前躬身一揖。

南海龙王拱手道："金光贤侄，辛苦！"

敖瑞抱拳道："小白龙拜见南海水君。"

看到父王眼中尽是心疼，敖瑞低头审视自己，这才发现周身伤口多处，血染战袍，不禁以苦笑回应父王。

东海龙王施法给女儿换掉战袍，片刻彩云笼罩之后，敖瑞换回水晶彩珠法冠，云海大礼服，身背打神鞭。此刻敖瑞容颜恢复到了最初灵秀俊美的模样，较飞升上仙时候面容清瘦了很多，因带伤，行动也略有迟缓。东海龙王携着爱女的手腕，一同飞上九层天来到玉皇大帝驾前，参拜玉皇大帝。

敖瑞自出世以来首次面见玉帝，由衷好奇这位仙家至尊，每次跪拜起身都忍不住正视玉帝真容。玉帝面如满月五绺长髯，头戴十二旒金珠平天冠，身着熠熠生辉的乾坤大礼服。望着与天书画像上一般无二的玉帝真容，那神情肃穆却又不失慈祥的面容，敖瑞由衷感到温暖。

第三次跪拜之后东海龙王辞别玉帝，牵起女儿的手腕，架起祥云飞向西方。敖瑞始终被父王牵引，大惑不解欲问父王为什么，竟然感应到父王要自己放空神识、保持沉默。

东海龙王带着女儿飞到佛祖面前，授意她向佛祖跪拜。

西天佛祖微微颔首，一遍阿难宣读法旨说："东方天龙

敖瑞，深明大义，骁勇善战，悲天悯人，经南海一战大获全胜，晋升八部护天龙，法号欢喜菩萨，证得金身正果！"

钟磬法器仙乐飘飘，敖瑞双手合十拜谢佛祖。

迦叶奉上佛祖赐的一串紫金铃，敖瑞双手接过挂在腰带上。回头看时，以玉帝为首的东方神明——隐却在祥云彩雾中离开了，敖瑞赶紧单跪送行。

阿难引导敖瑞拜观音菩萨，观音菩萨合十还礼，邀请敖瑞来自己身边。

观音菩萨领着敖瑞（欢喜菩萨）介绍给众家菩萨和十八罗汉认识，敖瑞双手合十，一一拜见。

直到诸天佛菩萨带着敖瑞一同回转极乐，佛众消失在九层天上，东海龙王还伫立在祥云上，终于长舒一口气，谁承想这声叹气竟引出一阵旋风，搅动了海面，使那南海龙王由水中飞上了云端。两位龙王再次见礼之后南海龙王欲言又止。

东海龙王说："贤弟是被那旋风惊扰出来的吧？为兄失态了。"

南海龙王说："王兄误会了，愚弟也是因挂念天龙殿下，所以留在此处候着。"

东海龙王说："让贤弟费心了。"

南海龙王说："欢喜菩萨自幼远离三界修行，这生就的天龙牵动多少龙族的心神啊！如今成就金身，我们也好放心了。"

东海龙王说："凡间人都道神仙好，哪知神明也有坎坷和烦恼。八百余年来，若无诸天庇佑，瑞儿不知被多少邪灵觊觎，生就的天龙也要以仙命相搏才得金身。"

南海龙王捻须微笑说道："天龙大任在肩，不辱使命，是为龙族骄傲！"

东海龙王说："眼前坎坷虽平，神族使命仍在啊。"

南海龙王说："承蒙天帝一番苦心，如此绝妙安排，如今更有极乐世界的温养，有利于天龙修复法力，想来不久以后定能再铸辉煌。"

东海龙王想要叹气，忽见南海龙王神态有些紧张，叹到一半赶紧捂嘴收住，尴尬地说："借贤弟吉言，但愿，但愿！"

南海龙王伸手拉住东海龙王说："适才见战事已近尾声，愚弟早令巡海夜叉回宫布置了庆功宴，难得王兄来我南海，万勿推辞才好。"

两位老龙王携手揽腕，入南海龙宫饮宴庆祝而去。

十七　义救火凤　感化善财

　　极乐世界，南海紫竹林，清风徐徐，檀香袅袅。仙界一日世上一年，这里的一日确实很漫长。

　　敖瑞成长于尘世中素来与世隔绝的幽州，初至仙岛很是新鲜，惠岸行者带领敖瑞在仙岛内巡游，敖瑞看到，仙山上有几位佛家神明的殿堂。菩萨们的修为极高，虽来自不同的地域，形象有异，但是敖瑞用意念同他们交流起来其实是无碍的。

　　敖瑞在小沙弥的引路下，回到自己的居所。这是一座单门小院，竹门上书"祥霭院"，二重阁门楣上悬挂华文匾额"欢喜阁"。

　　窗外紫竹林微风吹动，林间小径白石铺地清爽洁净，钟磬声缥缥缈缈，斜阳下彩霞变幻，果然这极乐世界是最佳休养灵力之地。小白龙此刻瞬间明白为何玉帝与父王将自己送来佛国，让战三龙损耗掉的灵力在这极乐世界里得到恢复，真是再妥当不过。

尘世不断改朝换代，人间战火烽烟燃了又息，江河湖海数次改道。在这纷扰中不变的是神祇的智慧。敖瑞欢喜菩萨的法号人间所知不多，如此低调是佛祖的旨意，其中意境不可揣测，大抵是因保护的缘故。

此时正是大唐来西天的取经人走在途中的时候。敖瑞亲随观音菩萨收服圣婴大王红孩儿之后，这位不得已来南海紫竹林的玩火童子，现在改叫善财童子，仙容定格在了七岁模样。

善财童子自从得知自己身材相貌不再长大，便无心修行终日愤愤不平。观音菩萨法务繁重，除了例行香台讲法教化以外，平时都是敖瑞照应善财童子。善财童子整日不是面对宏大法力的观音菩萨就是金身天龙法力强悍的敖瑞，满心怨气无处宣泄。

怨气积得久了，善财童子竟恹恹地没了精神。敖瑞便请示观音菩萨清理后山杨树林的树叶，由着善财去发泄了一番三昧真火。

善财童子依旧对于修行不十分上心，偷眼瞧着敖瑞不在近前，时而点燃本经书，时而烧小僧的衣袖，不期敖瑞都会及时分身，赶来收拾局面。如此多次，这顽劣童子竟终日以此为乐，并乐此不疲。无奈敖瑞只好带他在身边看管。

仙家日月长，一日便是人间一年。如此尴尬喧闹了很长时候，两小只倒也是不打不相识。

这年观音菩萨初次携龙女与善财一同去参加西王母娘娘的蟠桃会。当紫竹林一行人到达瑶池的时候，盛会尚在准备中，仙女神侍们匆忙穿梭在金碧辉煌的楼台回廊中，四方道家神仙陆陆续续来到仙台之上，各自由小仙姬引入指定座位。

善财童子在菩萨身后偷偷用三昧真火与小仙姬嬉闹，敖瑞侧目监视他们的举动，发现小仙姬的裙子烧着了，轻轻弹指，一滴水珠包住火焰，于无声处消解了危机。见善财童子在蟠桃会上仍顽劣胡闹乐此不疲，敖瑞怒目而视，善财扬眉挑衅。

然而，一场大危机不期而遇。

敖瑞与众神仙忽然被一阵惊呼声吸引，右侧大殿上的小仙姬忽然撞挤在一起，惊恐地向后退去，目光落处一位面目清秀的凤神站在一根玉柱之后，面露愁容。敖瑞心想，这位应该是负责此次瑶池会点灯的火凤凰，看起来遇到为难的事儿了。

"瑞公主！"

敖瑞听见观音菩萨呼唤自己，连忙合十拜见菩萨。

观音菩萨说："那火凤凰或许浴火重生，欢喜菩萨可愿助她一臂之力？"

敖瑞瞬间换上银甲戎装说："小龙接法旨！"

善财童子手舞足蹈、眉飞色舞地跳在敖瑞身后："瑞姐姐过去，给她兜头一瓢凉水浇灭了吧！"

敖瑞加快脚步不忘怒怼善财童子说："你这玩火的被浇灭了不打紧，她可是全天庭唯一的火凤凰，这浴火重生稍有差池便真就灰飞烟灭了。"

此时，火凤凰周围聚满仙侍仙姬，大家指指点点，窃窃私语，火凤凰身上冒出青蓝色火苗尴尬地站在原地，进退两难。

敖瑞走到火凤凰身边环拱手道："请诸位仙侍背转身，向前五步！"仙姬们听令纷纷散开，仅有没走的几个凤族常侍，于不远处背对着火凤凰。

火凤凰心领神会，敖瑞此举为了维护她的尊严，满心感激地看着敖瑞。

敖瑞双掌心运水灵法，把火凤凰全身用水灵罩罩住，很快水灵罩内隐隐地火光熊熊。

随着火力持续，水灵罩开始变薄，敖瑞不得不加大法力控制，虽然动作十分潇洒但她也是初次遇到这种情况，心里十分紧张，要知道即使是法力强大的神明，其法力也是有极限的，更何况瑶池水不能调用，西王母是极其严厉的女神。水灵罩的水全靠敖瑞自带。敖瑞没想到凤凰浴火的过程这么长，火光不减她一秒不敢放松。

僵持到最后，敖瑞嘴唇惨白发干，终于，罩内火光暗了

下来，敖瑞小心翼翼地收回水灵罩，竭力不让水滴落在火凤凰身上。她收好气息，抬头看见普化天尊疾步向这边走过来，身后跟着一队执法的金甲神兵，普化天尊见到敖瑞，忽然一愣，皱着眉头挥手让执法神兵向后转，他也转身跟着回去了。

敖瑞本想追上去为之前晋升上仙时重伤普化天尊之事当面道歉，见到普化天尊看到自己的反应，敖瑞不由得眉头紧皱。

目送仙侍们把火凤凰连同灰烬一并抬上一架云辇离开，敖瑞暗自长舒了一口气。

善财童子隐在身后酸溜溜地调侃道："瑞公主何时有过如此温柔，整日里竟恨不得分分钟灭了我。"

敖瑞闻言，侧目嗔怒道："同是火字辈的神仙，火凤凰一身正气、众仙敬仰，怎么就你，一身妖气四处惹祸！"

善财童子嘟囔："火凤凰在蟠桃会上浴火重生这可是犯天条的，她闯这么大祸你不说，就会欺负我！"

敖瑞停下脚步说："我方才也百思不得其解，按说火凤凰涅槃是有规律和先兆可循的，凤族不该如此失误派她出来，险些酿成大祸，但愿西王母娘娘不与她计较。"

敖瑞、善财回到观音菩萨身边，敖瑞双手合十一拜，说道："禀菩萨，欢喜交法旨。"

观音菩萨点头道："好，瑞公主稍作休息。善财，你去把余下的香油灯点亮。"

善财童子欣然接旨："善财接菩萨法旨！"

瑶池蟠桃会上灯花璀璨，蟠桃盛会如期举行。

蟠桃会之后，观音菩萨一行回南海，一路上祥云飘飘，雾霭迷离。

离开昆仑仙界不久，观音菩萨眉头一皱，远处隐隐约约有女声传来，声嘶力竭，听起来似乎有人在打斗，直到飞近了才看清，是一只九头鸟在花神圃里胡乱扑腾，以百花仙子为首的花仙们被九头鸟逼到围栏的角落，仙子们花枝乱颤狼狈不堪。

敖瑞说："菩萨，若等天兵闻讯赶来施救，只怕百花仙子们撑不到那个时辰，就真的香消玉殒喽！"

善财童子不屑一顾地说："瑞姐姐想打架明说嘛！这死鸟看起来凶，其实就是一草包，我在火云洞的时候，时常拖它出来打一架，松松筋骨。"

观音菩萨说："瑞公主，红孩儿，你二人速去解花神圃之难，切记勿伤它性命。"

"欢喜接法旨！"

"善财接法旨！"

敖瑞点手叫过善财童子说："你在九头鸟正面吸引它的注意力，我隐身去它后面收拾它！"

善财童子满脸傲慢，不耐烦地嚷嚷："傻鸟有九个头，我可不保证每个头都对着我哈！"

敖瑞说："废话少说，吸引中间的那五个头注意力即可。"

善财童子降下云头落在花神圃一侧，口吐火焰灼烧靠近自己的鸟头，九头鸟的注意力果然被他吸引过来，仇人见面分外眼红，九头鸟放弃对花仙们的攻击，转身扑向善财童子。敖瑞隐身落于九头鸟身后，突然现真身，张开龙嘴咬住九头鸟的尾巴猛一甩头，九头鸟瞬间被扔出很远，一下子被摔蒙了，九个头愤愤地还想飞回来。白龙嘴角粘着几支鸟毛，冲着九头鸟恶狠狠地龇牙示威，九头鸟发现扔它出来的是条金发巨龙，吓得扑闪着翅膀歪歪斜斜地逃了（九头鸟每只鸟头各自为政，走路无法直行）。

敖瑞收了真身，唇边那鸟毛才被甩落，表情极为滑稽。

百花仙子率领众花仙飘然下拜："谢白龙公主救命之恩！"

敖瑞张开双手搀扶众仙，说道："百花仙子客气了，是南海观音菩萨派我二人来为你们解围的。"

善财童子涨红了脸站在原地撇着嘴，怒目而视面前一众娇艳花神。

百花仙子看看敖瑞又看看善财童子，想道谢又怯场。

敖瑞尴尬地笑着替百花仙子圆场："仙子们不必谢他，善财童子玩火没玩够，等我回去哄哄他就是了。那九头鸟暂时不会来骚扰你们，但此事仍需上报天帝，请求增加天兵守护这里为妥。"

百花仙子齐声说："瑞公主所言极是！"

牡丹仙子问："敢问白龙公主可是观音菩萨身边的龙女？哦——欢喜菩萨？"

敖瑞憨笑答："小龙正是，牡丹仙子真是香沁肺腑啊，凡间说你国色天香的确是实至名归。"

确定了面前这位龙女就是传说中的威名远播的朝天犼，一众花仙围着敖瑞七嘴八舌，问这问那。敖瑞应接不暇，只好站在花丛中傻笑。

敖瑞窃笑道："唉，这就是人间说的群芳争艳吧，果然无法自拔。"

百花仙子连忙解围说："姐妹们与瑞公主一见如故，纵是舍不得也要顾全大局，观音大士还在等他们回去。"

敖瑞拱手道："小龙和善财童子就此告别，我二人这就速速回转，去菩萨面前交法旨。"

百花仙子率领众花仙子拜谢道："谢观音菩萨，谢龙女，谢善财童子。"

深蓝色天空中，白云悠悠，山川在云层下忽隐忽现。

返回南海的路上，善财童子还在生闷气，见敖瑞根本不理他，便低声埋怨说："瑞姐姐可真是心急，一下子就把九头鸟扔出去了，莫不是为了抢功劳，鬼才信！"

敖瑞很喜欢和花仙子们相处，还在回味刚才群芳争艳的情景，便没看善财童子，随口道："你回紫竹林去交法旨，说九头鸟你打跑的，我没意见。"

善财童子还在纠结，说道："自从来了南海紫竹林，我就无了用武之地，好不容易有机会一吐为快，这么快便没了对手，真是憋屈！"

敖瑞说："你适才喷的是三昧真火，如果花神圃没被傻鸟祸害，反倒让你的三昧真火给点燃，你说你是去救她们还是去害她们？"

善财童子瞬间泄气，气消了一大半，嘟嚷说："我若闯了祸，不是还有瑞公主殿下担着吗？"

"谁闯的祸谁担着，你当周天神明当真会装聋作哑，任由你胡闹？"敖瑞缓和了一下口气说，"这里是神州九重天并非极乐世界，你若闯祸，天帝必然降罪，可能还要累及你的仙家父母，你升仙阶是观音菩萨收你为徒，绕过了经历道家天劫对吧？那普化天尊的天雷阵你确定要尝尝？"

善财童子后怕地一缩脖子，一腔怨气烟消云散，低头佯装整理自己的红布肚兜。

敖瑞心中暗叹道：玩火的小子你可知道，我刚才用水灵罩救火凤凰，消耗掉的净水已是我所带水的全部，若等你玩够了，三昧真火必然点燃了花神圃，以我此时的法力根本不可能及时灭火，非但不能完成法旨，反倒闯了大祸，如果有其他办法，本公主怎会愿意张嘴叼那个鸡屁股。这红孩儿自从菩萨收服带来紫竹林，就交由我看管，怕是早已习惯了我为他收拾残局，或有一日我不在，他又不知给菩萨惹出什么祸来，趁他理亏且教育他一下。

前面南海紫竹林隐约可见，善财、龙女慢下云速。

敖瑞说："圣婴留步，你我本是东方神明，从天缘跟随观音菩萨入佛家修行，得正果金身受四方信众供养，似你这般妖心不泯，调皮捣蛋，何时德能配位？"

善财童子不屑一顾地撇撇嘴说："瑞姐姐你是上神、金身双加持，是注定做大事的天龙，我就是个玩火的小妖精，没什么出息，如今还有家不能回。"

敖瑞说："咱们紫竹林有家不能回的远不止你一个啊！你怎知玩火的小子不会有朝一日建功立业成为大英雄，上天不生无用之人，亦不成就无用之神！"

一语惊醒梦中人，善财童子顿觉豁然开朗，神情严肃地点点头说："多谢瑞姐姐提点，善财知道日后如何修行了。"

敖瑞闻听，笑靥如花。

龙女、善财落下云头，直奔金莲池向观音菩萨交法旨去了。

十八　朱紫幻化　助力取经

　　三藏西天取经路上，时有危难，孙行者来往紫竹林的次数越发多。他终于注意到观音菩萨身边的这位龙女也是神州打扮，他早就在与下界妖魔闲谈中听到这位来自东海的龙女似乎神通不小，美猴王在好胜心驱使下很是不以为然，只要来南海就总是瞄着敖瑞，总想找个机会试试"朝天犼"的本事。

　　敖瑞从内心里不愿与其比试，只一位善财童子她已经应接不暇，又来个天生地养的孙大圣总惦记跟自己较量，但又不好当面回绝，唯有目不斜视伺机脱身。久了，那猢狲大圣竟然有些恼怒。

　　一日南海紫竹林早香食结束，观音菩萨轻睁法目，缓缓转颈，面对敖瑞，双手合十言道："欢喜菩萨可是近日无恙？"

　　敖瑞心中一紧，自来极乐世界，观音菩萨时常以瑞公主唤自己，忽然以法号相称必然有大事相托，连忙合十回礼道：

"多蒙观音菩萨法泽，小龙一切安好。"

观音菩萨点头说："大唐取经人一路西来，佛道两家为助他们修行均派员下界与他师徒为难。三仙日后将要到达朱紫国界，欢喜菩萨可愿前去助他师徒一番功德？"

敖瑞不露声色暗自叹气道：该来的打斗，终是躲不过。

敖瑞离开莲台，合十敬拜说："小龙谨遵法旨。"

观音菩萨说："瑞公主素来聪慧识大体，此去助力想必亦能同时解开悟空修行中狂妄之局。"

敖瑞稍有不悦菩萨都十分明了，简短一句话便解开了茅塞，给足了面子，敖瑞会心一笑，拜别菩萨。

回到祥霭苑，敖瑞整理好内务，头顶银盔身着银甲，但将打神鞭放在何处似乎都有不妥，正在犹豫是否携带下界，抬头瞥见惠岸行者来到祥霭苑院门外。敖瑞手持打神鞭快步出门迎接，把惠岸行者请进屋里。

惠岸行者说："欢喜菩萨，这就要动身下界吗？"

"正在准备，哦，师兄所来何事？"敖瑞随手将打神鞭放回供架上，"区区一两仙日即回，师兄不会是特地来送行的吧？"

惠岸行者说："那孙行者源于东土上古文明，狂妄任性的个性与其渊源太深不无关系，齐天大圣虽是玉帝敷衍他的虚职，却也并非寻常神明享得起的封号。至于后来大闹天宫，请我佛如来压他在五指山，恰恰表明东方神祇真心不想置他

于死地。"

敖瑞若有所思："嗯，小龙经历上仙劫后回归东海时曾听父王讲过，送我去燕山之后没多久，傲来国的美猴王拔走了禹王立在东海的定海神针，后来天庭封他齐天大圣。来南海后我才知道，之后他曾打上凌霄宝殿，后被佛祖压在五行山下五百年。怎料其中竟有如此隐情。"

惠岸行者如数家珍地说："他去东海，你离龙宫远行；你战三龙，他被压五行山；他保唐僧，你来南海修行。你们两大东土神祇，数百年间仅相闻却未见面，如此可见冥冥之中自有安排。孙大圣爱憎分明身具东方美德，此番助他一难，还请瑞公主手下留情。"

敖瑞笑容明艳，说道："拜托师兄请观音菩萨放心，小龙懂得分寸，今次下界只为解他心结，了其心愿，所以就不带打神鞭了。"敖瑞解下腰中金色三头匀天静海紫金铃晃了晃，接着说，"本公主，带它去会大圣！"

惠岸行者何等聪明立刻心领神会，以手掩面乐不可支地说："瑞公主，如此这般有趣，你家父王可曾知晓？当真是要耍猴儿去？"

敖瑞尬笑，抖动手中金铃，模仿凡间耍猴人的动作和语调说："看官立定，好戏上演哪！"

惠岸行者说："这串金铃是我佛如来亲自加持的法器，却也不算辱没了他孙悟空。"

敖瑞说："烦劳惠岸师兄帮我看管好打神鞭，小龙就此别过。"

惠岸行者说："瑞公主客气，尽管放心前行！"

敖瑞驾祥云飞离极乐世界，一路思绪万千，她自幼独立修行于人迹罕至的深山峻岭，孙悟空亦是无父无母，无人问津无人看顾，英雄相惜之情渐由心生。因与惠岸行者叙话耽误了一些时辰，来到朱紫国时已是那年春暖花开时节。

敖瑞按下云头，在朱紫国城外山里找了处岩石洞府，洞口三处，彼此伸延连接，洞前溪水潺潺，难得的是洞内很清洁，没有其他异类的气息。敖瑞运法力简单地安了洞府大门，又在洞中安排了两处内宿帷帐，化龙身飞出山域直奔千里之外的都城。

敖瑞隐身在朱紫国皇宫之上，看到这朱紫国竟然也在过中原的端午节，心中暗叹：神州果然是文化极盛之地，影响得西方番邦也郑重其事地过东土的节日。

敖瑞化身赛太岁，一阵狂风掳走了御花园中的金圣宫娘娘，带回洞府才发现她一个女神龙抢来娘娘，实在是莫名其妙，尴尬之极。巧逢紫霞仙人路过，送给金圣宫娘娘一件仙衣，敖瑞躲在一旁暗暗拜谢紫霞仙人相助，于是与金圣宫娘娘名正言顺相安无事地度过了人间三载。

敖瑞索性化身丑丑怪怪的男妖形象和金圣宫娘娘相敬如宾，从民间带来了穷苦的凡人女孩伺候娘娘，渐渐地冲天龙气聚拢来了一些山精树怪，由此得名麒麟山，洞府也有了名字——獬豸洞。敖瑞亲自挑拣了心地善良的小精怪留在洞府训练备战。

第二年五月初，取经人终于来到朱紫国，孙行者治好朱紫国王郁结之症，请来了敖瑞父王东海龙王，打了几个喷嚏，助他治病。敖瑞不曾露面，早已心领神会：观音菩萨和父王还是担心孙行者行为乖张激怒自己惹出意外。

这天敖瑞正在洞中内庭打坐，忽而圆睁龙目，略带愁容。洞中的山狸精惯会察言观色，端来一个托盘，盘里盛满了山果，献于敖瑞面前。

山狸精说："大王所盼取经人，已进入朱紫国都城，小的们也做好了迎战的准备，不知大王愁从何来？"

敖瑞平日不喜欢这只山猫，因其狡猾有余，稳重不足，自来洞中狐假虎威，狂妄自大，本不想理会它，但一转念拿定了个主意。

敖瑞说："本太岁去年摄来金圣宫娘娘，就是要引来孙行者，但此事却做得过于干净，那朱紫国王至今不知他的娘娘身在何方。"

山狸精说："这有何难，大王派我去到城中给那国王下战书即可。"

此言正合敖瑞心意，马上点头应允，嘱咐道："此行务必引来取经人，切莫扰他城中百姓！"

　　山狸精一道黑烟窜向西南方向，敖瑞不放心，隐了身悬于半空中观察，直到山狸精在朝堂上出言不逊惹怒了猴头，之后抱头鼠窜，被孙行者打死在城门口。敖瑞急忙返回山中，令小妖们趁夜潜至城外收了山狸精的尸骨好生安葬，只待次日天明演一场闹剧。

　　第二日敖瑞见山狸精回来洞府，自知是大圣所化索性不说破，由他在洞中走动，暗中观察。假山狸精拿出宝串给金圣宫娘娘，二人定下计谋要将自己灌醉取走金玲，敖瑞暗笑，自己御水的本事生来就有，区区几滴酒水喝下去如溪入江河，喝醉是绝无可能的。想那孙大圣取经路走得太久，竟然忽略了如此重要的一环。转念想来：也罢，他火眼金睛，稍后我只要出现，所有情由即刻知悉，终究就是一场闹剧，陪他演完就是。

　　敖瑞故意放水任由孙行者骗了匀天静海紫金铃去，闻听猴头在大门外叫嚣，敖瑞率领小妖出洞门迎战。仅在林间与孙行者斗了几回合，即返回洞中取回假铃再次列阵，孙悟空得意忘形地拿出三头匀天静海紫金铃，念出咒语铃铛变成炮筒大小，一道道火光，烟雾喷射出来。

　　敖瑞佯装抱头躲避，暗自窃笑：早知金圣宫娘娘欲回国都，昨日试了试紫金铃的威力，念出咒语故意让金圣宫娘娘听见，吓得那娘娘花容失色，而后她这才给大圣建议偷紫金铃。佛祖家的寻常一件赠物，于尘世威力不容小觑，但对付她天龙身上的上神金刚罩却不能伤及分毫。

轰鸣声越来越大，那猴子自己也被喷着，因为他只会让紫金铃变大的咒语。

敖瑞心中暗骂："妄自尊大的死猴子，玩这么大收不了场了吧！若不是观音菩萨和父王早在三层天等候，本公主决不吃这个哑巴亏。"

观音菩萨叫停了紫金铃，孙行者偷藏在怀中要赖不还，不得已，菩萨点醒美猴王："若没有这个铃铛，你是斗不过她的。加之你那金箍棒原本就是东海神物，是小龙女自家的宝物，亦能听命于龙女，夺了人家的定海神针，又欲赖去人家宝物是何道理？"

孙行者是个集天地聪灵的，闻言，乖乖交出紫金铃。自朱紫国以后再来南海与龙女见面皆毕恭毕敬。

十九　再回九重　出类拔萃

忽一日，密林深处黄叶厚铺，敖瑞在其中盘膝安坐，沐浴在微含香气的极乐祥光中，她感觉到从未有过的惬意。

惠岸行者神色凝重地来到祥霭苑，在院子里没找见敖瑞，循着飘散的灵力来到竹林后的小杨树林，见敖瑞正面带微笑打坐。

惠岸行者说："瑞公主，令尊有要事来见菩萨。"

龙女闻言感到有些意外。

不多时，果然菩萨遣善财童子前来请敖瑞，速至金莲花池边议事。

敖瑞来到莲花池边见观音菩萨和父王，却见两位尊神的表情显示出少见的凝重，心中预感将有大事发生。

东海龙王道："我儿在南海修行已近千年，如今将近大劫，元始天尊特地降旨说，明年十分关键，需选一对强龙和悍凤

值天，玉帝拟下旨调你回东方天庭。"

观音菩萨柳眉微皱嘱咐道："元始天尊推演出大劫之时值天的龙凤将遭遇最大险阻，瑞公主，此去万万不可大意！"

这年人间除夕前，龙女临行，观音菩萨低声谓敖瑞，东方值天之龙神凤仙自上古以来皆不可对话，鉴于今年与往年不同，玉帝特准敖瑞与一同值天的凤王言语自由。敖瑞不解，为何从前不准龙凤两族交流，菩萨简言道，古时曾有龙凤过往甚密，诞育出一龙头凤身怪物，不辨善恶，不循礼法，暴虐狂妄。后被上古高德收走，此后龙凤神祇之间再无交际。

敖瑞领了佛旨下灵山，现出真身，金发巨龙风驰电掣般地飞向东方神州。

蔚蓝天空下，白云渐密天色暗下来，大浪拍打着岸边黑色的礁石，溅起白色的浪花，在星光下欢快地跳着。夜空中，一大块乌云异常快速地翻滚着。这时一道金光从乌云中射出，正打在离岸边不远的观音渡海像上，只见观音身边的龙女放射出刺眼金光，继而一道白光呼啸而去，冲上云端。

龙虎涧龙王敖铭身着青袍青甲，龙鳞战袍在星光下闪闪发光，手持一柄御旨神牌，对来人笑道："东海四公主敖瑞……"

"好了，好了！"敖瑞装作嗔怪，笑着打断他，"再说，玉皇旨意上也肯定不是这样写的。"敖瑞脸上写着关爱。

"父王去南海找过你了？"敖铭眼中闪烁些许依恋，"瑞姐姐，我可是好久没有见到你了。"

敖瑞忍不住调侃敖铭说："唉，你看你，正阶龙王做了这许多年，还如此小家子气。"

敖瑞一仰头，巨大的白光中，白衣白甲娇艳的身影，化作一条头顶金发的白色巨龙腾跃而起。巨龙眉心血红的朱砂愈加明显。转瞬间，白龙扭动身形向西北方向飞去，青龙敖铭亦显真身紧随其后，两条龙蜿蜒着向凌霄宝殿飞去。

"这会儿姐姐急着走了，刚才干吗藏起来？"

"就不想让你找到我，怎么着吧？哈哈哈！"

"瑞姐姐，你等等啊，你等等我！"

天庭之上也有天，那是令人顿生敬畏的纯净的深蓝色。

南天门外右边有个楼台上书"群龙龛"，左边有个亭榭上刻"梧桐阁"。龙族论其功绩最高可以封上神，凤族最高仅能封天仙，龙凤地位有些悬殊，从他们各自集聚的处所也能看出些许。

此时正是人间除夕前夜，白玉石雕的南天门两侧也是热闹非凡，不入流的小仙们在看热闹。不时有龙凤飞来，各自落在自家门前，变化回法身走去各自点神处报到。有黄、黑、青、白、紫五色龙。不停地时有飞起时有落下，向亲族施礼，温文尔雅秩序井然。

鸾凤族这边更是红火,凤族因凤尾色彩分等级,开天凤母是七尾七彩凤,其下又有五尾五彩凤,三尾三彩凤,双尾单色凤。

梧桐阁虽然不大,但是集天地人间精美建筑为一体,梁栋之上画有丹凤朝阳,百鸟朝凤等图案,另有世间奇花异草的图形环绕,包括春芍、夏荷、秋菊、冬梅等。

"今年点将的怎么会是你?"刚刚飞来的紫衣凤妹抬头问。书案与巨型飞凤屏风中间,端坐着一位身着五彩凤衣的凤仙,只见他生得眉清目秀,略带忧郁的双眼却透着刚毅和睿智。他抬头看了一眼紫凤,微微点头,没有说话。

"真没有规矩!五彩凤兄是我们的当家人,还不行礼?!"白衣凤哥用手推着紫衣凤跪拜。五彩凤抬头冲着他们温和地笑了笑,接着低下头,提起金色凤翎笔在凤凰册上点点画画。

紫凤拜过五彩凤走进不远处的凤群中,凤群里叽叽喳喳。

"听说了吗?今年值天的龙可不是一般人物哦!"紫凤快言快语,"听说是和龙王一样身份的神仙哪!"

"小毛丫头,一知半解的还在这里瞎嚷嚷。"白凤哥白了她一眼,把话头抢过去说,"哪里是龙王啊,她是东海龙王的女儿,但是她的地位和她的父王一样高,是龙族唯一与东海龙王平起平坐的龙神哪!"

"我怎么听不懂,你们在说谁?"信步踱来的红黄蓝三彩凤哥一头雾水。

众凤仙这才注意到三彩凤已来到众凤仙中间，忙纷纷躬身一揖。

"他说的就是那位八部天龙……"绿凤女（青鸾）迫不及待抢上一句，"一千多年前，荣入佛家的龙神敖瑞啊！"

三彩凤哥对绿凤露出不屑的表情，转向问众凤："凤母去哪里了？"

"凤母去凌霄宝殿了，和东海龙王一起去的到现在还没回来！"绿凤妹又抢上说一句，高兴得孩子一般在笑。

五彩凤姐从梧桐阁左侧的牡丹巷快步走过来，众凤仙见五彩凤姐来了，集体一揖到地，随后谦卑地向后退去，五彩凤姐点头还礼。

三彩凤哥向五彩凤姐一拜问："此次值天礼如此隆重，众仙齐聚，似有大事发生？"五彩凤姐没有说话，回头看了看五彩凤哥，他正静坐低头沉思。

五彩凤姐轻轻叹了一口气，转回头见众凤聚在不远处，议论纷纷，吵吵嚷嚷。不禁有些愠怒，大声斥责道："汝等也该有些规矩，怎可似人世集市一般热闹，既然位列仙班，就该有个仙家模样！"

三彩凤哥强忍住笑："你看看龙族，再看看我们，像什么？"

"像一群鸡！"不知谁在凤群中冒出一句。众凤安静下

来皆左顾右盼寻找发声之处。

"他们本来就瞧不起我们，掌管人间富贵又能怎样！"火凤凰高傲的脸上露出一丝不快。

气氛顿时凝重了很多，深陷沉思中的五彩凤哥感觉到了什么，抬起头，见众凤都在看他，一时竟不知说什么好，他把头扭向一边，俊朗的面颊透出沁人心魄的阳刚之美。

"不过那位可是位绝代佳人哪！我在瑶池会上见过她，她可帮了我一个大忙！"火凤凰打破僵局对五彩凤姐说。五彩凤哥这一句倒是听得清楚，略带沉郁的眼中闪过一丝欣喜。

龙龛那边一阵喧哗，只见一颗青色龙珠被竖直高高抛起，大家目光转过去，发现抛出那龙珠的却是敖铭。说时迟，那时快，一条黑龙腾空而起冲向飞着的龙珠。还没等众仙回过神来，群龙之中那道佛光忽然变得强大，随即一条白色巨龙飞升而起。在周身佛光映托下，精神抖擞的白龙宛如碧空中一尊完美的玉雕。众仙之中发出一阵惊叹。

一黑一白两条龙，在空中上下翻飞，各施法术争抢龙珠，只见黑龙虚晃一招猛回头欲用嘴咬住龙珠。

白龙机警，早施力令龙珠向下坠去，黑龙咬空，顿时怒火中烧，龙尾一甩俯冲下去，不等她摘到龙珠，白龙早已用嘴将龙珠衔走。黑白二龙在空中争抢翻飞美如舞蹈，一众神仙凝神观赏。

白龙敖瑞在空中玩得正兴起，忽见凌霄宝殿那边金光越来越强大，自知登殿时辰快到了，一个漂亮的猛龙摆尾，黑龙躲闪不及，正拍在头上。白龙口衔龙珠降下，现法身快步走回龙群，兴奋的脸上眉间朱砂亮亮地在闪烁。群龙赞不绝口，敖瑞点头还礼。

"以姐姐法力，不消两下就夺了，因何与她周旋这么久？"龙虎涧龙王敖铭有些失望地说。

敖瑞把龙珠还给弟弟，笑了笑没说话，转头迎上去拜见一位正向她走来的龙族长辈———一位穿着华贵的龙母。

黑龙女收了真身，站在一旁眉头紧锁，黄龙子轻推了她一把说："你该谢谢敖瑞，以她的法力你一招也过不上！"

温和的海河龙王也劝道："敖瑞在让着你呀！"

"哼，她让我？"黑龙女更生气了，皱着眉头，瞪着大眼睛，一副要咬人的狰狞模样，"还……还要我谢她？"

龙群之中，青龙敖铭紧紧跟在佛光闪耀的白龙敖瑞身边。

凤群这边依旧热闹，只是不见了五彩凤哥的身影。

由南天门拾级而上，沿白玉甬道向前，金碧辉煌的凌霄宝殿内，众仙穿戴整齐，鱼贯而入。玉帝和颜悦色地端坐着，看着眼前正在互相谦让的龙王和凤母。

七彩凤母夸道："欢喜菩萨乃我神州仙家骄傲！"

东海龙王赞扬说："凤王睿智，治理天下翼族，功不

可没！"

正这时天宫日晷走至亥时，仙乐声起钟鼓齐鸣，龙王、凤母在玉帝左右侍立。只听得天官层层接力宣玉旨：

"欢喜菩萨——东海四公主敖瑞上殿！"

"五彩凤王——姬祥上殿！"

庄严肃穆的声音回响在九天之上。

天龙敖瑞和五彩凤姬祥各自从宗族队列中走出，并肩走上甬道，这是怎样一对透着天地灵气的人儿啊！缓缓抬阶而来的正是今年值天的强龙、悍凤！

敖瑞身着昔日的云海大礼服，衣裙皆为白绸底上绣金丝祥云，金丝海浪，那浪花却是较柔和的形态，身背打神鞭，金色披帛在她身后飘飞。再看头上，水晶珍珠花冠压住敖瑞双鬓，耳后垂下两缕黑色长发飘于胸前，额头眉间的朱砂显示其特殊身份。敖瑞周身佛光笼罩，面容平静，雍容端庄，目光炯炯有神，自信和骄傲溢于言表。

五彩凤王姬祥身穿五彩朝天衣，金色中裙，金色绲边银战靴，头顶飞凤金冠，身披五彩凤尾披风，飒爽英姿，步履沉稳坚毅，腰间百花玉带上挂着一柄白玉包金凤尾神剑。

激昂的仙乐之中，二仙缓缓走来，天龙总是刻意比五彩凤先一步，凤王发觉快步赶上，不觉又被敖瑞落下，不多不少只一步之遥。姬祥偷眼看敖瑞，敖瑞不理，一脸高傲继续前行。姬祥略显愁容。

二十　龙凤呈祥　福泽神州

龙凤行至凌霄宝殿大殿内，敖瑞右手一提大礼服径直走上玉阶，姬祥则单膝跪在玉阶之下。玉帝站起身，众仙躬身肃穆，只见敖瑞运法力使她额头上朱砂飞离，朱砂旋转幻化为佛光四射的莲花。这时如来佛祖的法声在大殿上空响起：

"东君玉帝诚致金安！今我门八部天龙，回归神州轮值，欢喜菩萨当尽心竭力不辱使命，以期荣我佛道两家！"

"欢喜菩萨，接法旨！"

敖瑞一个漂亮的单跪合十，动作干净利落彰显其武将风采。

天官宣御旨："东海二公主敖珉，暂替欢喜菩萨驻修南海。"

敖瑞起身，施法力令眉心朱砂飞至敖珉额头，敖珉跪接之后，退出大殿。

敖瑞下玉阶与姬祥并肩跪在一起。

天官宣："子时到，颁值天神符！"

东海龙王的龙珠乃龙族至高无上的宝物，老龙王将青龙珠置于敖瑞头上。

七彩凤母亦将其飞凤冠上的金边白芍药花蕾戴在姬祥金冠上。别小看了凤族这朵值天芍药，它可是世间牡丹科花木的始祖，每年一朵，长自长白山天池的仙女洞中。仙根千年不断，年年仅发一枝，尽集仙家灵气，可助值天之凤仙一臂之力。当白芍花花瓣落尽时，意味着值天期满，即刻回天复旨。

最后，龙王、凤母下玉阶合力作法，将一对龙凤同心额黄，分别贴在刚刚站起身的敖瑞和姬祥额头上。

天官宣："子时三刻，龙凤呈祥！"

姬祥与敖瑞一同拜别玉帝及龙王凤母，最后龙凤对拜，四目相对的那一瞬间，小白龙敖瑞微微一笑，由于适才敖瑞的面容一直肃穆冷漠，五彩凤姬祥忽然见了她的笑颜略显一惊，但很快努力平静。二仙逆时针飞旋腾空飞起，金花四溅，现龙凤真身，绕梁三周。凌霄殿上巡飞后，龙吟凤鸣飞出殿外。

小白龙龙头向南，五彩凤紧跟其后，自北向南飞越黄河、长江。

清末人间，此时正是初一凌晨，鞭炮声此起彼伏。小草房窗口映出荧荧灯光，屋外小院中两个男孩子头戴毡帽在院子里追逐，大一些的孩子一只手拎着一小挂鞭炮跑在前面，小些的那个追着追着头上的毡帽要掉，右手摁着，边追边央求：“给我一点儿炮仗，给我一点儿……”

大宅院里，人们穿着崭新的长袍马褂，洗漱后，早早出门拜年。

话说这巡天是有时限有路线的：全年共四周，春、夏、秋、冬各一周，每周时长三个月（一旬）。巡天路线就像是绕神州画一个大大的双环字。

龙凤第一周由南向北巡至大河上空时，忽然龙头一转，点头示意彩凤跟随。五彩凤见小白龙偏离巡天路线向东北方向飞去，连忙追赶上来。不多久，眼前出现一座仙山。山顶上有亭阁一处，匾额上书“槐苑”。五彩凤心知此乃司命星君的处所，只是不知小白龙来这里做什么。

龙凤各自收真身现法身，小白龙提衣裙沿小路飞身跑上山，山顶大槐树下司命星君鹤发童颜，身着清末民间穿戴长袍马褂，眼中闪着怪异的光，像是被钉在那里似的，一动不动。小白龙敖瑞满脸狐疑，调皮地歪着脑袋绕司命星君半周问：“司命星君，你中邪了？”凤王姬祥上得山来，不明何事，只好站在一边，新奇地看着面前这二位神仙。

“咦！你是上神！上神！”司命星君不服气地摇头道，“这是护天龙啊——还是像从前一样调皮！”

“你先别说我。”敖瑞故意拖长了语调，“有些神仙，弄得人间那么多痴男怨女，到观音菩萨面前哭诉，求菩萨为他们做主，我可是听了很多啊！"

敖瑞说最后一句话的同时，右手从背后慢慢抽出打神鞭。司命星君一见，吓得连忙往槐树后躲去。

"司命星君！你是个神仙就给我站住！"二仙绕着槐树，一个慌慌张张地逃，另一个急吼吼地追。

"我打你个晕仙！"敖瑞不依不饶，"你还穿着人间的衣服站在那里犯傻，不干好你应该干的事儿！"

眼看要追上了，司命星君情急之下，一把拉过五彩凤姬祥躲在他身后。敖瑞与凤王姬祥再次四目相对，两个神仙竟然怔在那里。司命星君从姬祥身后探出头来，见小白龙额头龙纹花黄上笼罩着一小缕瘴气。他转回头看姬祥，五彩凤额头上的瘴气更浓，不禁暗自为他们担忧。

姬祥抱拳一揖，说道："天龙公主请息怒，天地姻缘自有定数，非是司命星君之错，还请上神明察！"

敖瑞见状不好再发作，低头默默收了兵器，回身往乾坤盘那里走去。这一丈方圆大小的乾坤盘正是天地万物之浓缩，失之毫厘，谬以千里，里面的人们的形象上都有名字。每个人脚下都有一条或几条细细的红线，有些人没有。司命星君蹑手蹑脚过来说："你还怨我啊，是谁动了一个女娃的红线，给她加了一条金缘，结果，出了一位女皇！"

"她后来不是给自己立了一块无字碑了吗？"

"对啊！她终生困惑啊！"司命星君俏皮地眨眨眼。

敖瑞鼓起腮表示不服。

衣着清丽的玉成元君走出亭台，唤道："敖瑞啊！"玉成元君的声音柔柔的暖暖的。敖瑞走上前施礼却被玉成元君拉住，说："天龙勿拜，小仙受用不起，上神这会儿，非复当年喽！"

"元君说笑了，无论何时何地小白龙初心不变！"

玉成元君温柔地笑了，她转身面向司命星君轻声说："司命星君，还不快换下衣服……"说罢使了个眼色，司命星君这才看看自己身上的衣服，会意，匆匆而去。

敖瑞低头看乾坤盘，此时人间已是初春时节，但见长白山脉还有一半披着银装，山脊上一道深紫，十分悦目。敖瑞欣喜地问："元君娘娘，可知这紫色是什么？"

"哦，那是杜鹃花，今年的杜鹃花比往年的更繁盛些。"

敖瑞眨了眨明眸道："凤王殿下，我们走吧！"姬祥这是头一次听见敖瑞与他说话，百感交集竟然一时如鲠在喉，未能及时应声。

月婆婆玉成元君见此情景，不由得微笑着摇摇头。

拜别了司命星君和玉成元君，小白龙和五彩凤显真身继续巡天。

白龙、彩凤飞越风景如画而神秘的长白山脉，杜鹃丛中，敖瑞用杜鹃花做了一只花环，戴在头顶上，右手提着一束盛开的杜鹃花，开心地奔跑在前面；在她身后，姬祥单手抱着一大丛杜鹃花，眉头尽舒，满心欢喜地跟在后面。北国通透的天空下，雄壮的长白山山脉上，两位绝色神仙，徜徉其中。

夏。云雾中龙凤身影时隐时现，从神州大好河山上飞掠而过。忽然龙头一偏，再次偏离了巡天路线，由盆地上空一路向西飞去。五彩凤一见连忙振巨翼追上小白龙，两位神仙一先一后收了真身，落在一座雪山上。

敖瑞脸蛋红红地仰着头甜甜地问："凤兄，我实在太热了，凉快一会儿怎么样？"

姬祥点点头。

敖瑞找了一块大冰块坐下来，注视着站在不远处的姬祥，只见凤王运仙力开天目，观察九天上的太极，见黑白鱼一切正常，姬祥便走到敖瑞身边坐下。目睹五彩凤如此谨慎沉稳的举动，敖瑞内心不免百感交集。

"凤兄，可是曾经多次值天？"小白龙认真地问。

"唔，每逢甲子之交，世间多有大变故，故在那时出来，敢问上神可是第一次值天出巡？"姬祥声音温和态度诚恳。

敖瑞点头说："怪不得，凤王殿下探看太极，如此信手拈来！"

"什么？"姬祥不解地追问道。

"不要再叫我上神好吗？神仙也有不平等。"敖瑞美丽的脸上佯装不悦，"唤我敖瑞好了，已经好久没人这么叫了。"

姬祥见状，岔开话题问道："敖瑞，还在南天门的时候，时常跟你身后的是？"

"哦，那是胞弟敖铭，他是北燕山龙虎涧龙王。"敖瑞缓缓道来，"我一出生，没多久就被父王、母王送去燕山龙虎涧修炼，两百余年后，考虑我寂寞，父王将小弟敖铭送来陪我。因他思乡烦闷，我们结伴云游，因龙虎涧与槐苑最近，我们曾去司命星君处叨扰。"小白龙沉浸在往日回忆的幸福之中。

"人间敬称司命星君为月老，他与玉成元君一同守护人间姻缘婚配，玉成元君终日用藕丝纺线，修补人间破碎的姻缘，是我最敬重的女神仙之一。"

姬祥若有所思地点点头问："适才上神不是真的要打司命星君了？"

"当然，倘若真是他罪不容诛，我会一鞭打下去，决不留情！"敖瑞眼中一瞬间杀气腾腾。

"真不敢相信，你就是功成极乐的那位骁勇善战的护天龙。"姬祥微笑摇摇头。

"如此年轻的女子却身经百战，凤王你至今仍觉难以置信。"

姬祥被敖瑞一语道破心事，有些不好意思。

"人间民众只知道求五谷丰登要拜龙王，却不知中华几条大江大河的镇河龙王多为雌龙，我家母王正是镇松花江龙神——广济王。"

"一样地体恤人间，雌雄其实并不重要。"姬祥点点头说。

"所以啊！我族也就没向人间明示，哪条江河是雌龙王。"说到这里小白龙敖瑞一脸的自豪。

"你在极乐一千年，久不回来，思乡吗？"

姬祥眼中有柔情，敖瑞感觉到了，装作没看见，岔开话头。

"平日里我跟随观音菩萨普济八方，时常来中原，若有战事则直接听命于佛祖，曾经参加过几次硬仗。"

姬祥不解其意，问道："佛国极乐，也会有……"

"极乐胸怀博大，可容你不信，但绝不容诋毁和歪曲！"小白龙一改柔美形象，目光凶悍直视面前云海。

五彩凤见话题再次偏重，打岔道："火凤凰说你在蟠桃会上，曾经出手相助她？"

"嗯？"敖瑞一边眨眼一边想了想，"上次蟠桃会上，火凤凰负责点香油灯。"

敖瑞思绪回到那年蟠桃会上，火凤凰站在殿角急得局促不安，敖瑞急急走过去用水罩遮住火凤凰，水罩之中火凤凰完成浴火重生。

"多谢上神，为我族火凤凰解围！"姬祥当胸一揖。

"举手之劳，不必言谢。常与我一处的那位善财童子，也是个火字辈的，他闹出的事多了，我已经习以为常了！"

敖瑞笑着说。

二仙沉默了一会儿。

敖瑞灵光一闪，目光炯炯，问道："凤兄是翼族之首吧？"不等姬祥回答接着问，"你能变化百鸟吧？"敖瑞表情顽皮，与刚才对话时判若两人，"变只画眉瞧瞧。"敖瑞这会儿表情又变成恳求的模样。

五彩凤姬祥无奈，只好坐正，运法力，一道五彩祥光亮过后，只见一只胖头胖脑的，一人多高的硕大的画眉出现在冰块上，那只大画眉向敖瑞眨眨眼睛。敖瑞先是一愣，突然，双手抱头，一转身趴在雪地上。

姬祥见了，连忙收了法象扑过来，抓住敖瑞的肩膀，用力晃动："敖瑞，你怎么了？"当他把敖瑞翻过身来，才见到敖瑞是因为乐不可支而发不出声音，随即长舒了一口气。

见姬祥有些生气了，敖瑞连忙努力抑制着笑意，上气不接下气地解释道："没……没见过，哈哈，这么大的画眉，哈哈哈！"

姬祥听了，将头转过一边去也偷笑。敖瑞好容易平静下来，瞥了姬祥背影一眼，心思不由变得沉重了许多，眼里掠过一丝担忧。

二十一　舍生忘死　坠落荒漠

　　秋。龙凤巡天第三周，五彩凤和小白龙飞旋在华夏大地上，给这个亿万年生生不息的土地带来祥和。二仙越飞越远，南部海洋出现在眼前，龙凤飞过妈祖庙上空。

　　龙凤在海中的一块礁石上落下。姬祥单手托腮，凝神望着面前的清透大海，陷入往昔观看一犰战三龙的回忆之中。突然，一个巨浪向他打来，巨浪后面一条白龙开心地在海面上游弋，那巨浪被白龙凝住停在半空中，没有溅到姬祥，虚惊了一场。

　　白龙继续在海里翻滚玩耍。冷不防龙嘴里喷出一股水柱，正中姬祥，姬祥被淋成了落汤鸡。

　　敖瑞自知失误，急忙变回法身，登上礁石向姬祥致歉。

　　"凤兄，不愧尊族之长，你大人有大量，小白龙这厢赔礼了！"敖瑞道歉。

　　"我凤族虽显尊贵，远不及龙族德高。"五彩凤拭去脸上的海水，话音里似有些许异样。

　　敖瑞觉察到姬祥的反应有些异常，急忙解释道："龙族现法身自当遵循人间最高礼节，现真身时，则各显神通，适才的确是小龙一时失手，还请凤王海涵。"

　　"怪不得，你现法身前后，神情判若两人。"五彩凤姬祥恍然大悟，点头憨笑。

　　"哦，以前和你一起值天的龙族姐妹，不是这样的吗？"小白龙有些委屈鼓腮抗议。

　　"以前值天龙凤是不可以对话的。"五彩凤话一出口，顿时意识到自己失言了，担心地看着敖瑞。

　　敖瑞闻言先是一惊，慢慢转过身，低头缓缓走下岩石，东海龙王与观音菩萨的身影出现在她的脑海里。老龙王面色阴沉地说："瑞儿啊！今年人间大变伊始，元始天尊亲自示警'龙死凤亡'，我儿还想担此重任？"

　　"父王，那才更应该由强龙出战啊！"

　　"欢喜菩萨，原本规定值天龙凤之间不可言语，你父王向玉帝特请，准许你与五彩凤王畅谈，遇危难之时，自会有些帮助。"观音菩萨嘱咐道。

　　"我儿从未值天，遇事须多多请教凤王。"龙王嘱咐道，"这太极的掌控的确有许多玄机在其中，切记不要太心急，若在正常状态施法力强加于它，太极将以十倍法力反弹于施法者。"

"孩儿明白！"敖瑞点头。

"我儿自幼年起就聪慧神勇，修成正果时更是创下一犰战三龙的佳话，为父深以瑞儿为傲，只是今年值天，险阻甚大，一切皆须慎之又慎！"龙王认真地盯着爱女。

见小白龙自信地笑了，龙王长舒一口气，如释重负。

敖瑞步入水中，背对姬祥站在海面上，低声问道："凤兄，可愿来水域游玩？"

"我族从来只能落于浅水面上，下不得深水去。"姬祥也记起了那句"龙死凤亡"的预言，心如刀绞，百感交集，泪光在眼圈里闪烁。

敖瑞并没有转回身，深深地低下头，咬住嘴唇，努力抑制即将夺眶而出的泪水，终于，她把心一横，伸右手运法力在自己颈上狠狠一抓，撕下半片带血的龙鳞，随即猛地一转身，将那半块龙鳞钉在五彩凤胸口……

"自此，凤兄不必再怕身陷深水了。"敖瑞忍住伤口的疼痛，强作欢颜，苦笑了一下。

五彩凤姬祥领悟了敖瑞的良苦用心，任由泪水沿面颊流下来，滴落到礁石上的泪水立刻化作颗颗晶石，在阳光下闪耀着五色光辉。

南海的天空纯净得像一块碧玉，波涛淘洗着海滩，翻滚

的海浪预示着即将到来的文明终极之劫。

这是龙凤巡天的最后一周。龙凤飞旋于九天之上，越飞越高，透过层层云霭，天空的颜色越来越深。九天之极，巨大的太极缓慢地转动，阴阳鱼的边缘开始不稳定，龙凤现真身顺时针围着太极施展法力，努力控制着看起来虚无缥缈的阴阳之气。

与此同时，俯瞰人间，战火纷飞，硝烟四起，人们携儿带女，尘土飞扬中，四散奔逃。壮丽的皇家园林中火光四起，千年古国陷入混乱。

太阳照耀下，日暑慢行，龙凤轮换施展法力控制太极。那太极盘突然一瞬间恢复正常，然而就在那一瞬间，小天龙敖瑞倾尽全力施法向太极打去，一道白光撞在太极上，说时迟那时快，五彩凤眼见小白龙被太极反弹回的巨大力量击中，顿时周身僵硬，翻滚着坠下九重天。

五彩凤大惊失色，惨叫一声："敖瑞！"展开双翼飞向正在下坠的小白龙，伸右爪抓住龙头，左爪抓住龙身，谁知已处在神志不清状态的小白龙，在昏迷中挣扎个不停，五彩凤展开双翼奋力向上飞，怎奈小白龙扭动力量过大，龙凤竟一同坠下九天。

"坚持一下啊！神明的真身不能让人间见到！"五彩凤利用同心花黄向小白龙传递意念。

五彩凤想调整姿势带小白龙飞走，抓着龙头的右爪松了一下，紧接着再次迅速抓住龙头，谁知此时恰好抓在龙颈处那缺了半块龙鳞的伤处。五彩凤的钢爪深深嵌入小白龙的龙颈，龙血立时如瀑布般喷涌而出，小白龙感到一阵剧痛，身躯猛一颤动，情急之中的五彩凤并没有注意到这一切。一心急于挽回的凤王就势右爪一提，抓住小白龙后腰，倾尽全力带着小白龙向北方飞去。

"北方有荒漠，人烟稀少，我带你去那里休整一下！"五彩凤用同心花黄对小白龙说。

艰难飞行中的五彩凤感到小白龙的身躯越来越重，并且龙身也渐渐不再挣扎，五彩凤预感到有些不妙，终于，五彩凤再也飞不动了，就在他们的真身落地的那一瞬间，五彩凤为了不使小白龙伤上加伤，伸出左翼垫在龙身下面，只听咔嚓一声，五彩凤左翼硬生生被压断了，五彩凤只觉得钻心地疼。然而此时的他顾不得自己的伤痛，猛地向上一跃，收了真身现出法身，抱着慢慢渗出血的断臂，奔到巨龙的身边。

这时人间正是中午，冬季的天空灰蒙蒙的，高原荒漠上一簇簇干黄的小草，被粗暴的北风肆意踩蹋着。

一条金发白色巨龙，侧卧在一片平坦的荒漠上。呼啸的寒风卷起浮沙，无情地打在血染的龙头上。

姬祥瞪大了凤眼，吃惊地发现，龙颈处有个大窟窿，龙血还在汩汩向外冒，龙血染红了一大片沙地。当姬祥看到，伤口处那仅剩的半块龙鳞，右手下意识地捂住自己胸口那另

一半龙鳞，姬祥只觉一阵眩晕，南海白龙赠龙鳞的一幕，重现在他脑海。

姬祥绝望地仰头跪在龙头旁边，泪水从紧闭的眼角滑落。

司命星君由乾坤盘上看到五彩凤携伤龙向北飞去，正当他欲驾云追赶时，却被人拉住衣袖。司命星君回身一看，是玉成元君，后者难掩悲戚，默默地噙着泪将一根细细的金丝线递给司命星君。司命星君会意，接过金丝线，返身下界而去。

姬祥警觉到有人来，睁开双眼站起身，满是鲜血的右手按住凤尾剑。那个匆匆赶来的人正是司命星君，他对姬祥深施一礼。

司命星君查看完小白龙敖瑞的伤情，竟然也吃惊得倒吸一口凉气说："敖瑞啊，快快收了真身，一旦被凡人看了真身，你将神魂俱灭！"司命星君顾不得体统，冲着龙头大叫，"敖瑞！打起精神来，你可是威震三界两教的护天龙啊！怎么可以就这样认输哪！"

白龙竭尽全力动了几下，龙爪在不住地抽搐。姬祥摇摇头，痛苦地闭上双眼，不忍再看下去。

敖瑞用尽最后的法力，让自己由真身变回法身，白龙巨大的身躯在耀眼的白光中消失，敖瑞的法身重重地摔在地上，眉心的龙纹花黄还在闪闪发光，绝美的脸庞上双目紧闭，樱唇上血迹斑斑点点，脖颈上血肉模糊，肩头和胸前的衣服尽被鲜血染透。她十分艰难地微弱呼吸着，因为喉管漏风，呼吸的声音像风吹过破纸窗。

司命星君转回身对姬祥说："时辰已近，凤王当速回天庭！"

姬祥从头顶的金冠上摘下那枝金边芍药花，芍药花此时只剩下两个花瓣了。凤母临行前的嘱咐在他耳畔响起："我儿曾多次值天有些经验，那龙族虽法力强大，却远不及我族沉稳，此行万不可强出头，不可误了回天庭的时辰。"

五彩凤注视着手中的芍药花，若有所思。

北风呼号中，敖瑞气息奄奄地躺在地上。法身周围的佛光渐渐地黯淡了，她的法力在消失。

司命星君见姬祥呆站在一边盯着敖瑞犹豫不决，便催促道："凤王当及时回天庭，时辰一过你就无法回天庭交旨，耽误不得呀！"

五彩凤看看手中的白芍，又看看地上躺着的敖瑞眉头紧锁。

"司命星君，敖瑞位尊八部天龙，我们难道就只能这样眼睁睁看着她神魂俱灭吗？"姬祥心有不甘地问。

须臾，姬祥似乎下定了决心，他将一片金边芍药花瓣抛向空中，口中念起法咒，空中的花瓣变化成千万颗小星星，落在姬祥断臂上，伤口当即渐渐愈合。姬祥抬了抬手臂，虽然还不是很灵活，但已无大碍，做完这一切，姬祥脚步沉重地走向南方。

二十二　生死与共　暂匿人间

　　见姬祥越走越远，司命星君轻轻叹了口气，摇了摇头，低头查看敖瑞的伤口。敖瑞感应到姬祥走了，紧咬牙关，龙目努力地睁开一道缝，隐约看到姬祥的背影远去，她苍白的脸上露出一丝欣慰的笑意，泪水填满眼眶。

　　敖瑞眼神由姬祥的背影，慢慢转向跪在她身边的司命星君，她想挣扎着坐起来向司命星君点头致谢，司命星君连忙摆摆手，示意她不要动。九重天上的日晷无情地转动着，随着龙凤回天庭的时辰临近，敖瑞眉心的龙纹花黄失去了光泽，打神鞭掉到了不远的地方，打神鞭周围的祥光也渐渐消失殆尽。

　　姬祥拖着沉重的步伐默默地向南方走去，然而他出人意料地在距离敖瑞两丈开外的地方停住脚步，右手一撩战袍双膝跪在地上，向着南天门的方向满怀悲怆地叩了三个头，额头上渗出了斑斑血痕。接着姬祥猛地转身站起来迅速跑回到敖瑞身边，摘下手中白芍药花的最后一枚花瓣，将它抛向天空，花瓣落处，敖瑞脖颈上的伤口迅速愈合了，仅留下一道不规则的深红色印记。

就在此时，一条青龙携狂风飞来，盘旋了一周，就迅速收了真身落在地上。未及青光散去，也顾不得向在场的二位仙者施礼，敖铭向姐姐的法身扑去。然而，就在他的手触碰到敖瑞法身的那一刹那，突然一道强大的落雷将敖铭炸出半丈开外。敖铭僵坐在地上，他那一双大眼睛惊恐地看着仍然处在昏迷状态的姐姐，过了半晌才回过神来，纵身一跃而起，大步流星地走向司命星君。

"司命星君，为什么会这样？我为什么靠近不了瑞姐姐？"敖铭一边行礼一边问司命星君。

司命星君起身回礼，答道："值天不利，加之此时回天庭复命的时辰已过，凤王与敖瑞皆为戴罪之身，故而我等碰她不得，唉！只能靠他们自己了。"

"我姐姐有父王的龙珠护体，就算遇到灭顶之灾也会保住神魂不灭，她为什么这里会受伤，她为什么会伤得这么重！"敖铭强忍满腔愤怒，转回头指着敖瑞的脖子伤痕和正在流血的腰部，质问姬祥。

始终半跪在敖瑞身边的姬祥，心疼地伸手擦去敖瑞战裙上的一处血迹。面对敖铭的质问，姬祥无言以对，只尴尬地将头扭向一边。

"司命星君，事已至此，到底如何是好？"敖铭一边弯腰拾起敖瑞的打神鞭一边向司命星君求计，"我要怎样才能救瑞姐姐？"

塞外的西北风在这广袤的草原上粗暴地横行着，砂砾被狂风卷起，像钢针一样扎在脸上。午时已过，寒风凛冽，肆虐的飞沙模糊了天与地的界线。

沙海之中远远飞驰而来一匹蒙古战马，马背上伏着一位蒙古女子，头戴银色貂皮盖帽，华丽的珊瑚珠和珍珠穿成的珠串垂在眉间和胸前跳跃着，清秀的脸上眉头紧皱，额角渗出的汗珠沿着脸颊流下来。女孩身后追来几匹马，骑在马背上的异族人怪声怪气地大声叫嚣，为首的那个醉醺醺的异族男人手持一把左轮手枪和马鞭，穷追不舍。

"高贵的金头雕，跟我回去……"

"我有上等美酒，我会好好疼你哦！"

"呜呼！"

恶人们扔出一条套马索，蒙古女孩连人带马被掀翻在地。女孩滚下沙丘，挣扎着爬起来，警惕和惊恐地盯着追她的那些不怀好意的家伙。异族人并没有立刻下马来抓她，他们仍骑在马上，将姑娘包围起来，嘴里说着不干净的话。

渐渐地异族人的马头距离姑娘越来越近，最后那个穿戴

最华丽的领头的异族贵族跳下马，将魔掌伸向姑娘。女孩情急之下猛地从腰间拔出蒙古刺，手腕一抬，那恶人的手被割伤了，露出狰狞面目，流着血的手将马鞭高高举起恶狠狠地向女孩抽去，就在这千钧一发之际，女孩骑的那匹蒙古战马，一声长嘶，前蹄腾空踢向他，围着姑娘的异族流氓们见了都胆怯地勒马向后退去。

女孩趁势转身跑出包围圈，可是她累坏了，踉踉跄跄地没走几步就跌倒在地上。恶人们纷纷下马扑向姑娘，女孩将蒙古刺架在自己脖子上，美丽的大眼睛里充满了愤怒和绝望。异族人被她的举动吓住了，僵持在那里几秒钟，恶徒们狞笑着步步逼近，说道："高贵的小马驹，陪我们玩玩……"

可怜的姑娘，银牙紧咬将心一横，闭上星星一样美丽的大眼睛，蒙古刺在玉一般的脖颈上用力一划……

"司命星君，我该怎么办？"一向沉稳的凤王姬祥露出少有的慌乱。

"凤王当与敖瑞速速找到凡人的新亡人附身，可保神魂不灭，委屈两位藏在人间躲避一时，稍后天庭自有发落。"

司命星君话音未落，姬祥就要把敖瑞从地上抱起来。

司命星君赶忙制止道："凤王莫急，听我说完，东华帝君派小仙前来时就已看算出由此向北三十里，将会有个蒙古女新亡人，你可带敖瑞前去。另外，敖瑞被太极震裂了龙筋，多亏有老龙王的龙珠护体，否则她这会儿早就粉身碎骨了，你移动她要格外小心。送过敖瑞以后，向东四里有个汉民将死，凤王可前往附在他身上，切莫误了时辰。"

凑在一边听着的龙虎涧龙王敖铭，尽释前嫌向凤王一揖，姬祥点头还礼。

姬祥再次抱起敖瑞就要走，司命星君慌忙从衣袖中抽出玉成元君给他带上的那条金线，把姬祥和敖瑞的脚踝系在一起，看着金线隐去，姬祥满心感激地低头致谢。

"人海茫茫，两个凡人见面谈何容易，但凭此线你们会很快相遇相互照应。我和敖铭会分头去游说各路神仙，相信不久会有天庭的大赦传来。人间生活艰苦，千万保重！"

姬祥含泪背着敖瑞沿沙丘一路向北走去。

司命星君耳语敖铭几句，化作一道白光飞走了，敖铭看了看地上那摊龙血慢慢地化成了一堆红色宝石，不由得叹气，也化作一缕清风飞去。

沙漠中，驼铃叮当，缓慢而悠扬。

远处那一轮北方荒漠特有的大大的落日，唯美地照在这一片荒芜的沙地上，满天彩霞绚丽缤纷。

一列驼队缓缓走来。第二匹骆驼背上，坐着一个身着蒙古衣装的女子。那衣裙虽染尘土，隐约仍能看出是上等的丝绸制成，女子稚气未消的脸上虽有倦色，头发也十分凌乱，但是那与生俱来的高贵气质却不曾被遮掩住。女子怀中抱着一个层层包裹的婴儿，幸福地看看走在驼队左边的男人，又低头看看怀里的孩子。

男人额头上系着青色头巾，身穿汉民的皮袄、棉裤。男人面庞黝黑，额头上亮亮的，剑眉凤眼，嘴唇干裂。夕阳暖照中，男人回头向驼背上看，眼中充满了铁汉柔情。

女子脖颈上系着一条丝巾，隐约能看见脖子上有一条淡红色的伤疤。丝巾随风飘扬。驼队在沙漠中缓缓行进，十几头骆驼负着货物，另有一匹没有驮鞍的高头大马，在队伍前后欢快而自由地跑着。

走在驼队中部的几个男人在悄声议论："这一趟，走货走赚了，你叔可真有福，陷进流沙愣没死，还捡了一个蒙古俏娘们儿当老婆！"其中的一个对青衣小伙说。

"你们看，那匹马那毛色应该是蒙古战马，那女人来历不明的，捡来的老婆也不晓得是福是祸！"另一个汉子酸溜溜地说。

"这年头兵荒马乱的，她还不会说话。"身穿羊毛大氅的汉子用手指指他自己的脖子。

"忒难说……"青衣小伙轻轻摇头。

"带着她，大家得加倍小心，别惹事，走着瞧吧！"唯一的长者，示意大伙闭上嘴。

"文生叔，这就快出沙漠了。"青衣小伙紧赶几步，走到驼队前面对男人说，说罢小伙子抬头看向驼背上坐着的婶子。彩霞满天，凤尾一般的火烧云，映在少妇的脸上，女人望着云彩娇媚地笑了笑。小伙子马上被迷得神魂颠倒，目不转睛地盯着她。

二十三　商旅漠北　聚少离多

　　一路风尘，驼队终于回到了河北。到家了，矮矮的土坯房，窄窄的小木头杖子院，院子里长满了蒿草，就连房顶上也长了草，这是很久没有人住了。

　　女人抱着孩子，挎着包袱一低头走进屋内。屋里的光线十分昏暗，暗得一时看不清屋子里的摆设。女人在门口站了一会儿，才看清楚屋里除了一个小土炕、一张桌子、一个小水缸外，别无他物。

　　文生在院子里，将马拴在杖子边上，一低头走进屋子。他环视了一下这个贫寒的家，先是皱了皱眉，继而苦笑一下，温柔地对妻子说："这个家是穷了点，会好的。"

　　"文生啊——"一个中年妇女站在院外喊。

　　不见回应，中年妇女索性抬腿径直快步走进小院，文生连忙出屋应付。

"哟，婶子来了！"

"回来也不先上家去看看我去？娶了媳妇就连亲婶子也不认了？"见文生有意阻拦她进屋，胖婶子探头探脑地往里瞧。

"她刚来，还不熟络，以后还得托婶子多多照应着。"文生依然挡在门口。

前来打听事的胖婶见进不去，斜着刁钻的小眼睛拿腔拿调地问："唉，我那侄媳妇叫什么呀？"

"她？她没有名字……"文生真的被为难住了。

"那怎么成啊，这我要带她出去见人，可和人家怎么说呀？"胖婶撇撇嘴。

文生瞥见了小院杖子上拴着的那匹血统纯正的高头大马，白缎子一样的毛皮在阳光下油亮油亮的。

"嗯，姓王，她姓王。"

数天后，在这远离尘嚣的小村庄里，几个妇女坐在屋檐下纳鞋底，白色的粗麻线从锥子眼里不停地冒出来。

"你家文生娶的那媳妇，模样还不错哪！"身着暗绿色夹袄的婶子说完，双手在胸前用力拽了拽鞋底上的麻线。

"好模样？好模样能当饭吃？"胖婶撇撇嘴，"这大人孩子身上穿的脚上蹬的，哪样不是我这个婶子给他们做的？"胖婶得意得像得胜的将军。

"就是嘛，你家侄儿媳妇，咋还啥都不会做哪？"红袄小媳妇，有些沾沾自喜，用力拰了拰手中的针线。

"就你能！你能你咋还把鞋帮上反了哪？"

"哈哈哈哈哈！"女人们笑成一堆。

"这娶了媳妇，文生家里家外的，是把好手！脑袋也灵光了，我要早知道，当初把俺闺女嫁给他好了。"灰衣大娘龇着牙不无后悔地说。

"去去去！"胖婶乜着眼睛阴阳怪气地揭她的底，"这，瞧见人家过得旺相了，大瓦房也盖了，才想着把姑娘嫁给他。俺文生从小没爹没娘，那为难受困的时候，你咋不想着他？"

"你好？"灰衣大娘也不示弱，马上反唇相讥，"你给人家做衣裳做鞋，人家文生也是给你银钱了！"

胖婶无言以对，一旁的绿衣婶子，接过话头说："这话又说回来了，你们文生还真是惯着她那小媳妇哪，卖马那天，听说文生都给她跪下了哪！"在座的女人们都不约而同撇撇嘴。

"蒙古人，成天跟马在一起，跟马亲。"红衣小媳妇说。

"再亲也不能让咱们汉人老爷们儿给他们蒙古娘们儿下跪呀！"那个伶牙俐齿的小寡妇，刚刚解开缠在一起的麻线绳，咬牙切齿地说。

"就是，就是。"

"就是，上咱汉人这儿来，就得按咱汉人的规矩来，可由不得她撒野！”女人们七嘴八舌，议论的声音越来越高。

“嘘，低着点。”胖婶朝自己右侧挤挤眼，小声说，“文生叫我教她做饭，在后面烧火哪！”

“呦，她不是不会说汉话吗？咱这说话她能听懂？”红衣小媳妇好奇地问。

“你说这也怪了。”胖婶压低了声音，表情也变得诡异了，“文生家的脖子上有旧伤说不出话来，再说她是蒙古人，可能也不会说汉话，那她想说啥，我咋就都能明白呢？”

“我也是……”小寡妇若有所思地说。

“哪都有你！就你俩神道！”灰衣大娘高声一语，将这个有些惊悚的话题岔开。

屋西头灶火边，王氏孤单地抱紧了孩子，屋檐下的女人们叽叽喳喳地还在说个不停，王氏安安静静地听着。

大锅底下的灶火很旺，火光映在王氏美丽而又稚气未脱的脸上。她向灶膛里添了一把柴火，顺手捡起一根柴棒递给怀里不满半岁的婴孩，男婴大眼睛双眼皮，手里拿着母亲给的小木棒，无目的地摇动着。王氏的蒙古装早已换成了普通汉民的斜襟小袄。她对脑后挽的发髻还是不太习惯，伸手正了正。

火光明灭中王氏的思绪回到几天前。

那是刚回来的第一天早上，小草房内的一切被王氏收拾得井井有条，她身着早已浆洗得干干净净的蒙古衣裙，头上戴着蒙古族珠冠，在这初夏响晴的早上，心情也变得十分愉悦。王氏脚下小红靴踩着蒙古舞步，双手把孩子举过头顶，孩子的笑声像银铃一般传来。母子两个高高兴兴地玩着。

文生神色凝重地从屋外走进来，站在王氏身后犹豫着，似乎有话要说。王氏感觉到丈夫进来，抱着孩子转回头，孩子顽皮地笑着看他。

"我把马卖了。"文生不敢抬头面对妻子。

王氏一惊，立即把孩子放到炕上，抽身跑出屋外，果然，原来拴马的杖子边空荡荡了。王氏焦急地往外跑，却被追出的文生一把拉住胳膊。"我们要想办法在人间活下去啊！"文生低声说。

王氏不听，还是在用力挣扎，她一心要跑出门去找马。

"这里住的都是汉民，那匹马是战马，太扎眼了。"文生含着泪声音更低了。

王氏仍旧绝望地挣扎着，见王氏痛不欲生地哭得像个泪人，文生抱着她的腿慢慢地跪了下去："卖给种马场了，不会亏待它啊！"

王氏抬头闭目任泪水滴落。

文生家新盖的三间青砖房里，窗户开着，窗棂简单又别致，窗棂上的明油还未干透。堂屋里家具也都是新近置办的，一副做工考究的炕琴立在炕梢。炕上两个人正在凑小炕桌边喝酒。

文生拿起酒壶给冬子倒满小酒盅说："兄弟多喝点儿，今儿后晌不是没别的事儿吗？"

"到我哥家里我还能作假？"冬子一饮而尽，憨憨地笑笑。

"你嫂子还不太会做菜，对不住了，将就着吃啊！"

"谁说的，这不挺好的吗？"冬子夹了一大口菜放进嘴里说。

"文生你这趟回来，又是抱上儿子，又是翻盖房子的，周围这十里八村可都传扬开了。就连你的精气神也变了，我和你一起长大的，都不敢认你了。"

文生微笑着摇摇头，放下筷子幸福地看着门外坐在木墩上晒太阳的母子俩。

"你发大财了，下趟走货我也凑点货跟着去。"冬子羡慕地看看门外，又看看眼前的文生。

"你可别去，这可是要命的买卖，你家就你一个儿子，你走了你家钱大娘可活不了。"文生认真地说，"这走货的难处可多了去了，一走好几个月，穿大草原过戈壁滩，遇野兽、遇土匪就像家常便饭。这些先不说，就说人吃的、牲口喂的，哪样算计不到你就等着作难吧！你笑啥？就说我说这次遇到流沙吧，想起来都后怕。"文生继续给冬子倒酒。

"那你还去？不守着老婆孩子？"冬子向屋外的母子俩

165

努努嘴。

"盖屋把钱都花差不多了，给他娘俩留点过日子钱，我还得去。"文生向门外看了一眼，声音沉重了很多。

半个月后。文生走在荒漠上，狂风夹着飞沙无情地打在拉骆驼人的脸上身上，驼队在风雪中艰难前行。

沙暴过后由骆驼围成的圆形堡垒纷纷解体，躲在里面的人们站起来抖落身上厚厚的沙土。文生右手擦去脸上的沙尘，回头看着向南方出神。在他身后，人们拉着骆驼站起来，沙土从驼背上的货物上滑落，骆驼抖抖身体，有更多的沙土落下来。"哈哈哈！想老婆了！"胖叔紫褐色的大脸笑得簇在一起，驼队的其他人也都扭头跟着笑，文生不好意思地笑着低了头。

此刻，王氏正在屋外水井旁打水，她身穿黄布小袄，手被冻得发紫，她似乎感应到了什么，放下木水桶，仰望天空，天灰蒙蒙的，预示着要下雪了。忽然听到屋里孩子在叫，王氏连忙艰难地提起水桶走进屋里，回手关门，昏黄的灯光透过窗纸照在屋前雪地上。

初夏。这天早上王氏起得很早，打开院门出门倒水。冬子像一阵旋风一样飞奔过来："嫂子！文生哥他们到万杖子了！"

王氏不信，摇摇头苦笑了一下。

"真的！真的！这趟格外顺利，昨天从承德回来的李掌柜说看见文生他堂叔了哪，要是昨晚卸了货，今天头晌一定回来了！"

冬子见嫂子还是不信，索性跑进院子，抱起正在学走路的森儿，转身往外跑。王氏不由得喜上眉梢，绽开了久违的甜美的笑容，她放下手里的家什回头迅速关上大门，追上去……

远处山丘披着绿油油的植被。暴河由北向南静静地流着，河对面的青纱帐像一道绿色的城墙。岸这边是一大片草甸子，几棵细高细高的核桃树孤零零地像哨兵一样站在那里。草地上有十几匹骆驼，卸去了所有负重悠闲地正在吃草，河边有两匹骆驼在喝水，文生站在其中一匹骆驼旁边低头整理鞍子。

忽然，草地上的所有人都听见有人在大声叫，大家一起循声望去，见一群孩子、女人从村里方向呼喊着向这边跑来。

"爹……爹！"几个半大小子跑在前头，女人们跑在后面，最后面还有个人顶着一个小孩儿跑得跌跌撞撞。文生在这群人中发现了自己熟悉的那个身影，连忙放下骆驼鞍子迎上去。

草地上一时间欢呼雀跃，洋溢着骨肉团聚的欢乐。

"这么远你怎么跑来了？"文生扶着气喘吁吁的妻子心

疼地说，"孩子呢？"王氏满头大汗地用右手指指后面。

这时冬子顶着森儿，满头大汗跟跄地晃过来，一边低头让文生接过孩子，一边断断续续地说："嫂……嫂子跑得可真快！我，我扛着他，追不上……"文生接过孩子哈哈大笑。

"儿子！儿子！让爹看看，你小子长大了啊！"

中午，阳光下一家三口坐在一棵大树的树荫里，他们身后驼队的其他人也都和家人围坐在树下有说有笑。

王氏拍拍文生，文生抬头看她，王氏伸出右手食指和中指在左手掌心，模拟人走路状，然后摆摆右手。文生领会妻子的意思：不要再走了。

文生笑着摇摇头道："我想趁着年轻再走几趟，等过两年，攒下一些积蓄，咱们做点小买卖，我就回来，守着你们娘俩过日子。"王氏暗自神伤，文生搂紧了妻儿。

"我知道你有多难，又不能说话。可我真是想让你们娘俩过上好日子啊！"文生说完意味深长地眼望天空。

二十四　龙凤辞行　来生约定

那年初秋，文生再次远行。

转过年的初春时逢倒春寒，午夜下了一场雪。凌晨，王氏搂着孩子睡在炕上，睡梦中她被一阵奇怪的响声惊醒，警惕地披上衣服爬起来，听出有人翻墙进院并且走到屋门口用力挑门闩。

王氏赶紧摸索着连被子带孩子抱起来放进炕琴里。刚刚关上炕琴的门，来人已经打开了屋门向炕上扑过来，王氏借着微明的天光，一脚将来人踹下炕去。于是两人打了起来，扭打中王氏也掉到地上，那人一手掐着王氏的脖子一只手摁着她肩膀，王氏情急之下想起枕头下的蒙古刺，一伸手摸出来，抬手挡那人砸来的拳头，接着用蒙古刺由下到上在那人脸上划了一道，那人"哎哟！"一声捂着流血的伤口向屋外跑去。王氏想弄清那人到底是谁，顾不上穿棉衣愤怒地追了

出去。

刚追出屋门，一阵寒风吹在王氏刚刚因为搏斗而渗出虚汗的额头上，她不由浑身一颤，但还是一咬牙坚持着追出院门外。那人慌不择路出了大门就摔倒在雪地上，脸上的血染红了一小块地面，他回身见王氏提着刀追出来就慌了神，连声大叫："救命啊！杀人啦！救命啊！"

清晨起身劳作的人们很快将这两个人围了起来。王氏这才发现自己手握沾着血的蒙古刺穿着单衣光着脚站在雪地里。一阵寒意袭来，王氏不由得哆嗦起来，惊恐地看着周围越聚越多的村民

"快来看啊！蒙古娘们儿杀人了！"村子里几个小孩子边跑边喊。

王氏的手臂被反捆了，身上还穿着单衣，跪在地上。那柄带血的蒙古刺摆在她面前，围观的民众指指点点。王氏无从辩解，因为她根本就不能说话，任由不明真相的人们对她指指点点。

王氏眼中泪水模糊了，一时间为保护人间英勇作战的小白龙和五彩凤的身影重现在她脑海中。是啊！为谁舍命而战？为谁拼得命悬一线？为谁险些神魂俱灭？缘何死里逃生隐藏人间？凡间的人啊，恩将仇报是你们对神明无私护卫的报答吗？早知神明落入人间将要承受比凡人更多的磨难，但敖瑞还是委屈得不能自抑。

谩骂还在继续："拿她点天灯！"

"把她送到衙门里去！"

赵儒的老妈和媳妇抱着他的肩膀，婆媳两个高一声低一声地哭叫给众人听："大伙给评评理呀！""不能饶了她呀！""我可怎么活呦！"

"还敢欺负到咱们汉人头上来了，这野娘们儿还反了她哪！"说着赵儒的媳妇向王氏这边爬过来，伸手要打王氏的脸，王氏一躲，那小媳妇还没出手就被婆婆拉回去，那神情似乎将王氏视为一头野兽，唯恐她再伤及自己儿媳妇。

赵儒的伤早就没事了，他坐在村民送来的一块门板上不作声，他看王氏的眼神中包藏着一丝常人不易察觉的狡黠的微笑。

村民从来都是唯恐天下不乱的，此刻有人更是添油加醋地煽动情绪说：

"剁了她手去，看她再害人不！"

"关她进笼子里，一辈子别放出来！"

"你是狗啊！还想咬人啊？"

所有人都忽视了弄清事情的起因，简单的头脑被无知和愚昧充斥着。王氏感觉自己就快失去知觉了，一切都在她眼前扭曲、摇晃。但一想到儿子森儿，王氏还是强打精神支撑自己，心想：可怜的孩子，娘要是死了你怎么办啊？

冬子闻讯赶来了，见到这样的场景非常着急，他低头略

想一下，决定先进屋去看看孩子。他刚迈进院门，抬头瞥见墙头有一处积雪没有了，顺墙根看去，雪地上有一趟脚印一直伸延到正屋门口。屋门虚掩着，两条脚印从屋门口一直延伸到大门外。

冬子看完这些，没有往前走而是转身快步走到母亲钱大娘身边，与母亲耳语了几句，大娘跟着冬子走到文生家院门口，地上的脚印说明了一切，大娘马上折身返回人群里，这时村里的保长和几个小伙子正从地上将王氏拉起来，看样子要把她带走。

"慢着。"钱大娘十分严肃地走进人群拦住保长老木匠，"我有句话想问问赵儒，你们先别把人带走！"众人见保长夫人出面阻拦，人群中出现一阵骚动，丑态百出的赵儒一家，竟然也停止了哭闹，婆媳俩不满地仰头看着这边。

"我今天谁都不向着，我就想问问赵儒，这天还没亮你去你婶子屋里干吗去了！"

钱大娘的一句话，不亚于一根大棒，打醒了在场的所有人，人们面面相觑了两秒钟，都露出了讪讪的笑容。赵儒不敢回答更不敢抬头，他知道保长和村里的乡绅都在看着他。

见男人丢人了，赵儒媳妇双手一拍膝盖，哭道："我不活了！"丢下赵儒，疯了一样向家的方向跑去。保长生气地对赵儒说："还不追去！"说完保长双臂向后一背，气哼哼地走了，庄丁们也抄了手跟着保长走了。对于王氏谁也没有一点交代。

钱大娘母子俩给王氏松了绑，说道："怎么绑的！绑得这么紧，都是人生父母养的，这些不长心的！"大娘心痛地说。还在旁观的人露出事不关己的怪笑。冬子瞪了他们一眼，那几个人嘟囔着走了。

王氏此时心如死灰，她感到自己身体像冰一样冷，面无表情哆嗦着向前走去，每走一步都像戴着千斤的锁链一般艰难。

回到院里，孩子的哭声已经哑了，钱大娘快步走进去循声把孩子从炕琴里抱出来。院子里，冬子在一边含着泪焦急地叫："嫂子，嫂子！"王氏慢慢向屋门这边走来，脸色苍白漠视一切。

从此王氏一病不起，身体瘦成了皮包骨，白天钱大娘和冬子来帮助她料理家务照看孩子。

"你大叔他不好意思来，前些日子的事你也别怪他，事儿都赶到那儿了……这是你大叔特意找人淘换的，让我给你拿来。"钱大娘由怀中掏出一罐装着蜂蜜的小瓷坛，王氏头靠在炕琴上，苦笑了一下。

天黑以后帮忙的人回家了，王氏忍着全身高烧的酸痛，爬起来给孩子烧水，她脚一沾地，就觉得一阵窒息的疼痛迅速蹿满全身。她大口大口地呼吸着，借以缓解沉重的痛苦。

森儿在炕上玩拨浪鼓。不谙世事的孩子啊，你何时才能长大，为娘不能陪你长大了，我的孩子啊，在未来的春夏秋冬，谁照顾你，谁保护你，你饿了，谁给你做饭；你冷了，谁给你添置衣服？娘不想丢下你，儿啊！

王氏的泪水落在地上，她下意识地看了一眼房门，尽管知道那是徒劳的，文生此刻远在天涯。

王氏打开锅盖，一股热气冒出来，水汽弥漫了视线……

大草原上，嫩绿的草尖刚从枯萎的陈草中间钻出来。一个用枯枝和粗布搭成的矮小的帐篷外，两个人声音低低地在说话。

"就快到家了，他怎么还病了？"

"谁知道，从昨天到现在一直昏迷着，头也烫得吓人。"

"从老毛子那儿带来的药也不管用？"

"唉，也不能扔下他走，这样忒耽误事儿了。"

昏暗的天色里，骆驼们在不远处悠闲地吃着草，货物堆在一起用油毡盖着。

文生躺在小帐篷里，身下垫着狗皮褥子，身上盖着纹理特别的俄罗斯毛毯，毯子上还有一件棉大衣。他从迷糊中醒过来，半睁着双眼向周围看了一下又沉沉睡去了。

不知过了多久，一切都安安静静的，文生感觉不那么头晕了，身体也变得很轻松，他坐起来看看睡在帐篷里的其他人，人们都香甜地睡着。

恍惚中，有个人的身影好熟悉，那个影子示意文生跟她出去，文生一把拉过大衣披在身上，轻手轻脚从帐篷里走出来。

一轮下弦月挂在西南方向的天空里，月光下，敖瑞身着值天时的那件云海大礼服，头上一对璀璨珠花压鬓，青丝双挽，双手合十笑盈盈地看着文生。文生这才低头发现自己也已恢复从前做凤王时穿的五彩仙衣。

"敖瑞！"

"姬祥！"

历经了这么多磨难，这一对同患难的神仙没有更多的诉说，也不用诉说，对于他们来说语言是多余的，也没有准确的语言能够表达他们此时的心情。

"你好了，能说话了？"话一出口，姬祥马上意识到是在人间生活了太久了吧，竟然混淆了此刻彼此已恢复神仙的身份。敖瑞仍在温柔地笑着，姬祥伸出双手将她拉到一边，看见不远处放哨的拉骆驼人，敖瑞笑得更放肆了，说道："凤兄，我用了金刚罩，凡人是看不到我们的。"

姬祥十分尴尬地苦笑着摇摇头。

龙凤二仙同时抬头，他们目光落在那渐渐黯淡的下弦月上。

"玉帝特赦，准凤王殿下与敖瑞正式转世轮回，只待百年难满，重回仙班！"说到这里敖瑞表情由喜变忧，"我附身的蒙女，气数已尽，我要先走了。"

"你要走了？"姬祥眉头一皱当即伤感地问。

"人间四载，蒙君眷顾，小白龙口不能言，不曾说得一个'谢'字，凤王殿下请受小白龙一拜！"敖瑞说完，以人间女子万福礼深深一拜。

姬祥一时情急，伸手拉住敖瑞的双手，要知道神仙若非突发状况不能互相触碰，姬祥马上意识到自己失礼了，松开敖瑞的手说："唉！你还不是要走？我也一起走！"

"那正是我最担心的，敖瑞自请前来宣旨，正是有求于凤王。"敖瑞强忍心头撕心裂肺般痛楚地说道。

姬祥回过头凝神细听，敖瑞继续说道："森儿是我的人间牵挂，敖瑞恳求凤君再护送我们苦命的孩儿一程！"敖瑞悲伤难抑终于泣不成声。

姬祥过了好一会儿才下定决心，痛苦地点点头说道："偌大神州，茫茫众生，饮过忘川水，任你是神仙也会将前缘尽忘，你我再见面何异于凡人登天。"

"凤王莫愁，敖瑞有父王龙珠在身，就算走过奈何桥也不会让我彻底忘记，冥冥中自有玄机，纵使你我因转世错开而远隔天涯，小白龙发誓，来生当为重逢努力，永不言弃！"敖瑞神情坚定。

"越是高强的神仙，来到人间越要承受比凡人多百倍的磨难。无论那时你有多么繁重的羁绊，多少让你为难的顾虑，都请你不要忘记今天的誓言！"姬祥心有痛楚地说，"也不论到时，我认不认得出你……"

东方渐渐发白，下弦月淡去，龙凤分手的时候到了。

敖瑞慢慢向后退去："凤君保重，人间再见！"敖瑞消失在晨雾中。

姬祥心情沉重地走回宿营地，身影渐渐变回文生的模样。

回到家，文生蹲在院子里给王氏烧纸钱，冬子蹲在一旁，抹着泪诉说着那天的情景："早看那小子不地道，他家都给他娶上媳妇他还……"文生低头烧纸钱一言不发。

给王氏下葬的时候到了，森儿头缠白布，撕心裂肺地哭着，钱大娘紧紧地搂着他。

这年初秋，文生的驼队再次装满货物，运往蒙古国做贸易。冬子随行，因为钱大娘觉得兵荒马乱的外头倒比家里安全。

"你把孩子托给谁家不好，偏偏托给赵儒他们家！还给他们那么多钱。"

"赵儒家是我本家侄子里最近的，只能托给他家，但愿他能看在钱的份上，善待我儿子。"冬子张了张口，口型是"难说"。

驼队越走越远，送行的赵儒脸上的肌肉僵硬了，左脸上的那道伤疤，像一条粉红色的虫子趴在脸上，他厌恶地看了一眼他媳妇抱着的森儿，森儿的哭喊声越来越大。

几十年以后，河北平泉县西南部丘陵山区，山林茂密，文生苍老的身影出现在其中，他用镰刀拨开杂草和灌木丛，找到一个小小的坟头。

"是这儿，是这儿！"文生喃喃地说，"森儿他娘，儿子长大成人了，已经娶妻生子了！我想你呀！我是真想找你去呀！还能再见吗……你在哪儿啊？不知道还记得我吗？"

一架飞机从头上轰鸣着飞过，巨大的声音掩盖了一切。

青山环绕的小村庄，从最后面一处的红砖瓦房里传出孩子和大人的欢笑声，小女婴的咯咯笑声十分悦耳。一对年轻的父母在给孩子洗澡，母亲从水盆里抱起孩子，孩子胖胖的小腿儿一蹬一蹬地，小屁股上四条像鹰爪抓过的胎记清晰可见。

——白龙前传完